HASTA EL PRÓXIMO CAFÉ

TOSHIKAZU KAWAGUCHI

HASTA EL PRÓXIMO CAFÉ

Traducción de
Guadalupe Herce Gil

PLAZA & JANÉS

Papel certificado por el Forest Stewardship Council®

Título original: *Sayonara mo Ienai Uchi ni* (さよならも言えないうちに)
Primera edición: enero de 2025

Printed in Spain – Impreso en España

ISBN: 978-84-01-03586-9
Depósito legal: B-21140-2024

Compuesto en Comptex & Ass., S. L.

Impreso en Huertas Industrias Gráficas, S.A.
Fuenlabrada (Madrid)

L 0 3 5 8 6 9

Si pudieras volver atrás, ¿a quién visitarías?

Mapa de las relaciones de los personajes

La mujer del vestido blanco

Fantasma que ocupa el asiento que te devuelve al pasado. Se levanta para ir al baño una vez al día. Por lo general, se dedica a leer su novela en silencio, pero maldice a cualquiera que la moleste.

Apolo

Golden retriever cuyos propietarios son Mutsuo y Sunao Hikita. Murió hace una semana, tenía trece años.

Miki Tokita

Bebé, hija de Nagare.

Mutsuo Hikita

De vez en cuando iba con su perro Apolo a la cafetería.

Nagare Tokita

Primo de Kazu Tokita y dueño de la cafetería. Es un hombre gigantesco que mide casi dos metros. Es padre de una bebé llamada Miki.

Sunao Hikita

Mujer de Mutsuo Hikita y propietaria de Apolo. Se arrepiente de no haber permanecido despierta al lado de Apolo cuando él murió.

Mieko Kadokura

Mujer de Monji Kadokura. Hace dos años y medio tuvo un accidente y quedó en estado vegetativo.

Monji Kadokura

Arqueólogo y viajero. Ha pasado poco tiempo en casa con su mujer e hijos.

regresa al pasado

Kazu Tokita

Camarera de la cafetería Funikuri Funikura. Sirve el café durante la ceremonia que devuelve a la gente al pasado.

regresa al pasado

regresa al pasado

regresa al pasado

Michiko Kijimoto

Hace seis años se marchó de Yuriage, su ciudad natal, y se fue a estudiar a Tokio, en parte para alejarse de su padre.

Hikari Ishimori

Hace un año, su novio dijo que la esperaría cuando ella rechazó su propuesta de matrimonio, pero luego la dejó al conocer a otra persona.

Fumiko Kiyokawa

Clienta habitual de la cafetería. Su novio está en Estados Unidos.

Nana Kohtake

Enfermera y clienta habitual de la cafetería.

Yusuke Mori

Prometido de Michiko.

Yoji Sakita

Un año atrás, le pidió matrimonio a Hikari Ishimori en la cafetería.

Kengo Kijimoto

Padre de Michiko. Murió en el Gran Terremoto del Este de Japón hace seis años.

Índice

1

El marido

—Entonces ¿nada de lo que haga cambiará el presente?

Monji Kadokura ladeó la cabeza con curiosidad —tenía el cabello salpicado de tonos grises— y al hacerlo dejó caer un pétalo de flor de cerezo, que revoloteó hasta llegar al suelo. Bajo la tenue luz sepia que emitían las lámparas con pantalla —la única fuente de luz de la cafetería— miraba las anotaciones de su cuaderno con ojos entrecerrados y tan de cerca que tenía el rostro prácticamente comprimido contra la hoja.

—¿A qué se refiere en concreto?

—Bueno, tal vez esto sirva de explicación…

La persona que respondió a la pregunta de Kadokura fue Nagare Tokita, un hombre gigantesco de ojos largos y estrechos que medía más de dos metros. Era el dueño de la cafetería y siempre llevaba puesto un uniforme blanco de cocinero.

—Pongamos como ejemplo esta caja registradora. Le aseguro que le costaría mucho encontrar una más antigua en todo Japón. Me han dicho que es un objeto único. Incluso cuando está vacía tiene un peso de cuarenta kilos, para que así la gente no la robe. Sea como sea, imagine que un día alguien lograra robarla. —Nagare apoyó la mano sobre la caja registradora, que estaba encima de la barra—. En ese caso, ¿no cree que usted intentaría regresar al pasado para esconderla en algún sitio o pedirle a alguna persona que se quedara vigilando para evitar que alguien entrara en la cafetería y se la llevara?

—Supongo que sí. —Kadokura asintió en señal de conformidad.

—El problema es que eso no es posible. No importa lo mucho que intente evitarlo, el ladrón logrará entrar en la cafetería y robarla, aunque la haya escondido muy bien.

—Vaya, es increíble. ¿Y cuál es el fundamento científico? Me interesaría conocer la relación causal, si sabe a lo que me refiero. ¿Sería una especie de efecto mariposa? —Kadokura miró excitado a Nagare.

—¿Efecto mariposa?

Ahora era Nagare quien ladeaba la cabeza, confundido.

—Es una teoría que postuló el meteorólogo Edward Lorenz en una conferencia que brindó en la Asociación Estadounidense para el Avance de la Ciencia en 1972. Existe un proverbio japonés que tiene un sentido similar: «Cuando el viento sopla, los fabricantes de barriles prosperan».

—Ah…, vale.

—Pero, en cuanto a esta idea de que el presente no cambia, eso no es un efecto. Es más bien una rectificación, ¿no le parece? En ese caso, quedaría descartado el efecto mariposa. Esto se pone cada vez más interesante —murmuró con entusiasmo mientras escribía algo en el cuaderno.

—A decir verdad, la única explicación que hemos recibido ha sido «Porque así lo dispone la regla», ¿cierto, Kazu? —Nagare miró a Kazu Tokita, que estaba de pie junto a él, en busca de apoyo.

—Cierto —contestó Kazu sin siquiera levantar la mirada.

Kazu era prima de Nagare y camarera de la cafetería. Llevaba una camisa blanca, un chaleco de traje negro y un delantal de sumiller. Era guapa, de tez clara, y tenía ojos finos y almendrados, pero no había ningún otro rasgo que destacara. Si le echaras un vistazo y luego cerraras los ojos, te costaría describir su rostro. Incluso Kadokura tuvo que mirar en la misma dirección que Nagare para recordar que había alguien más allí. Emitía una sombra apenas perceptible y su presencia no producía efecto alguno.

Kazu permaneció inexpresiva mientras limpiaba un vaso.

—Dígame, profesor Kadokura, ¿con quién ha venido a encontrarse? —preguntó Fumiko Kiyokawa metiéndose en la conversación.

—No me llame «profesor», señorita Kiyokawa. Ya no estoy en la universidad —repuso él sonriendo con incomodidad y rascándose la cabeza.

Fumiko ya había regresado al pasado en aquella cafetería: lo hizo para encontrarse con un joven al que quería y con quien había perdido el contacto tras tomar ambos caminos distintos. Ahora era clienta habitual e iba casi todos los días después del trabajo.

—¿Se conocen? —preguntó Nagare.

—Fue mi profesor de Arqueología en la universidad. Pero el señor Kadokura es más que un profesor de Arqueología. Ha viajado y vivido aventuras alrededor del mundo, por lo que aprendíamos muchísimo en sus clases. Fueron muy valiosas para mí —contestó Fumiko.

—Es probable que sea la única que piense así. Y debo decir que era usted una alumna brillante, estaba siempre entre los mejores.

—No exagere... Simplemente soy muy competitiva. —Fumiko agitó la mano con modestia.

Puede que así fuera, pero, cuando aún estaba en secundaria, Fumiko ya dominaba con fluidez seis idiomas —estudiándolos por su cuenta— y en la universidad obtuvo la mejor nota media. Era brillante, algo que Kadokura recordaba incluso aunque ya no diera clases. No se trataba solo de que fuera competitiva.

—Profesor, no ha respondido a mi pregunta.

—Ah, sí, claro. ¿Quiere que le cuente mi historia? Pues... —Kadokura desvió la mirada de Fumiko, que estaba sentada al lado suyo en la barra, y la fijó en sus propias manos apretadas—. Quiero ver a mi mujer... Solo quiero hablar con ella una última vez —murmuró.

—¿Su mujer? Ay, no me diga que... —No hizo falta que Fumiko terminara la frase. La inquietud de su voz fue suficiente para que Kadokura entendiera el resto.

—Ah, no. Aún está viva.

La respuesta de Kadokura hizo que el semblante de Fumiko se relajara, pero el del profesor permaneció sombrío.

Al darse cuenta de que algo no encajaba, Fumiko y Nagare esperaron, ansiosos, a que prosiguiera.

—Está viva, pero sufrió un accidente que le provocó daño cerebral y la dejó en estado vegetativo. Ya han pasado casi dos años y medio. Los pacientes que permanecen en este estado suelen sobrevivir, como mucho, entre tres y cinco años. Me han dicho que es posible que muera pronto, teniendo en cuenta su edad.

—Lo siento mucho. Entonces ¿quiere volver al pasado para evitar ese accidente? Si esa era su intención, lo lamento, pero, como ya le expliqué…

—No, lo entiendo. Es cierto que me había hecho ilusiones, pero, por otro lado… —contestó sacudiendo un poco la cabeza y rascándose por encima de la ceja—. Lo que dicen me resulta interesantísimo —dijo y rio con nerviosismo.

—¿A qué se refiere? —preguntó Fumiko, sorprendida.

—Verá, la idea de que no sea posible cambiar el presente aunque puedas regresar al pasado… es algo verdaderamente fascinante. —Los ojos le brillaban como los de un niño, pero de repente se oscurecieron—. Debe de haber sonado un poco inapropiado teniendo en cuenta que mi mujer se encuentra en estado vegetativo.

—No, no, para nada. —Fumiko intentó sonreír, pero el resultado fue un poco torpe. La verdad era que, al oírle, había pensado: «Qué inapropiado».

—Este aspecto de mi personalidad le causó mucho dolor a mi mujer. Amo la arqueología desde joven y mi vida ha girado únicamente en torno a mis intereses. Recorrí el mundo entero viviendo aventuras y pasé meses sin volver a casa. Mi mujer nunca se quejó de mi forma de ser. Cuidó del hogar y crio a nuestros hijos. Luego ellos volaron fuera del nido, uno tras otro, y sin darme cuenta quedamos los dos. Aun así seguí viajando por el mundo y dejándola sola. Sin embargo, un día, cuando regresé, mi mujer me estaba esperando… en estado vegetativo.

Kadokura sacó una pequeña fotografía del cuaderno. Mostraba a una joven pareja. Nagare y Fumiko reconocieron al instante a Kadokura y su mujer. Al contemplarla más de cerca vieron claramente que al fondo había un gran reloj de pared, igual a uno de los tres que había en la cafetería.

—Nos tomaron esta fotografía aquí. Creo que fue hace veinticuatro o veinticinco años. ¿Han oído hablar de las cámaras instantáneas?

—¿Se refiere a una polaroid? —preguntó Fumiko.

—He oído que así las llaman ahora. Las cámaras que te permitían sacar fotos e imprimirlas causaron furor en aquellos tiempos. La mujer que en ese momento estaba a cargo de esta cafetería tenía una. Nos sacó una foto y nos la dio para que la tuviéramos de recuerdo.

—Esa mujer era mi madre. Le encantaba estar a la última. Puede que dijera que era para que la tuvieran de recuerdo, pero estoy seguro de que solo quería lucir la cámara —dijo Nagare con cierto desdén y una sonrisa irónica.

—Mi mujer me dijo que la llevara siempre conmigo, que era un amuleto para protegerme. Claro que el que una fotografía traiga suerte carece de fundamento científico —dijo Kadokura mientras agitaba la fotografía.

—¿Quiere regresar al día en que se tomó la foto?

—No. Es la primera vez que vengo a esta cafetería desde entonces, pero creo que mi mujer venía de vez en cuando para encontrarse con mis hijos. Si viajo al pasado, me gustaría regresar a dos o tres años antes de que quedara en estado vegetativo.

—Entendido —contestó Nagare y echó un vistazo a la mujer del vestido blanco con cabello negro y largo y piel pálida, casi transparente, sentada en el rincón más alejado de la cafetería. Leía un libro en silencio.

—¿Tiene alguna otra pregunta?

—A ver... —Kadokura volvió a guardar la fotografía en el cuaderno y buscó la hoja en la que había apuntado las reglas. Volvió a acercar el rostro a la hoja a medida que leía con ojos entornados—. Creo que esto está relacionado con la regla de que el presente no puede cambiar, de la que ya hemos hablado, pero...

—¿Sí?

—¿Cómo permanece lo que dice alguien del futuro en el recuerdo de las personas a las que visita?

—¿Ah? Pues, hum... —Nagare no captaba la pregunta. Frunció el ceño y ladeó la cabeza—. ¿A qué se refiere?

—Lo siento, no me he explicado bien. —Kadokura se rascó la frente—. Entiendo que existe una especie de fuerza, a la que ustedes llaman regla, que impide que el presente cambie. Lo que quiero saber es si la regla tiene algún efecto no solo en el presente, sino también en los recuerdos.

Nagare seguía sin entender del todo.

—Dicho de otro modo, si a las personas les dijeran que van a robar la caja registradora, ¿la regla borraría o modificaría sus recuerdos?

—Ah, vale, ahora sí lo entiendo —repuso Nagare cruzándose de brazos.

—¿Y entonces? ¿Qué pasaría en ese caso? —preguntó Fumiko en lugar de Kadokura metiéndose en la conversación.

—Pues..., dejen que lo piense. —Nagare no tenía una respuesta inmediata. Y es que su mente iba de «Nunca se me había ocurrido esto» a «Yendo al grano, ¿qué es lo que está pensando Kadokura? ¿Qué le preocupa?». Hasta donde él sabía, nadie nunca había planteado esa pregunta.

Ahora Fumiko se había puesto del lado de Kadokura y escudriñaba a Nagare con la mirada, como si a ella también le interesara la respuesta.

Fumiko ya había viajado al pasado para encontrarse con su novio; se habían separado en aquella cafetería. Sin embargo, otra de las reglas de la cafetería disponía que, una vez que la persona hubiera viajado al pasado, no podría volver a hacerlo. Por lo tanto, aquella conversación en particular no debería haberle interesado. Aun así, allí estaba, abalanzándose sobre él como si fuera la compinche de Kadokura.

Nagare, que tenía el ceño cada vez más fruncido, se limpió el sudor de la frente al mismo tiempo que sus largos y finos ojos se encogían aún más.

—Hum... Dejen que lo piense... —fue lo único que logró gruñir.

—La regla no afecta los recuerdos.

No fue Nagare quien brindó aquella explicación repentina, sino Kazu, que estaba de pie a su lado. Acababa de terminar de limpiar los vasos y había empezado a doblar las servilletas. Sin esperar siquiera un momento, dio aquella respuesta trascendental en un tono claro y penetrante.

—En algunos casos las personas conocen la verdad, pero, cuando hablan con otros, fingen desconocerla. Puede que se enteren de que van a robar la caja registradora. Puede que incluso sepan con certeza que la van a robar, pero, aun así, llegará el día y ellas actuarán como si no lo supieran. Es así como interviene la regla. Funciona a través de ese fingimiento. Sin embargo, no interfiere en los recuerdos, nadie olvida nunca lo que sucedió. Por el contrario, sabiendo que alguien robará la caja registradora, esa persona se pasará todos los días preocupada hasta que se produzca el robo. Pero la manera en la que vive con esa información y cómo la percibe depende de ella; todo depende de cómo lo toma. Los recuerdos y sentimientos que surgen de esa experiencia pertenecen a cada uno. La regla no tiene alcance sobre eso.

Al oír la explicación de Kazu, el semblante de Kadokura resplandeció. A continuación el profesor se puso de pie.

—Si es así, entonces me alegra. Siento como si me hubieran quitado un peso de encima. Ahora tengo que pedirles algo. ¿Podría viajar al pasado, cuando mi mujer aún no se encontraba en estado vegetativo? —Hizo una profunda reverencia.

—Como desee —respondió Kazu con tono sereno e indiferente.

Fumiko miró a Kazu y le brindó un gran aplauso; Nagare estaba absolutamente desconcertado. De hecho, no se trataba de una regla nueva. Estaba escondida en la sombra de la segunda regla y la pregunta de Kadokura la había sacado a la luz. Si regresas al pasado, el presente no cambiará por mucho que lo intentes. Pero hay una salvedad: si bien la regla predomina sobre cualquier circunstancia para evitar que el presente cambie, no interferirá en los recuerdos de las personas.

En lugar de centrarse en la regla que disponía que el presente permanecería intacto, Kadokura se había interesado en el efecto que esto tenía sobre los recuerdos. «Puede que sea algo importante a tener en cuenta».

Nagare, que ahora vislumbraba las profundas implicaciones de la regla, encogió aún más sus largos y ya de por sí estrechos ojos a medida que miraba hacia el techo.

—Con respecto a las otras reglas… —dijo Kazu retomando la explicación.

Pero para Kadokura las demás reglas no eran ni de lejos tan importantes como la que ya conocía. Cuando le explicaron las reglas que disponían que no puedes levantarte de la silla mientras estés en el pasado y que existe un límite de tiempo, simplemente respondió con una sonrisa:

—Entendido.

Sin embargo, cuando Kazu sacó a colación el asunto de la mujer del vestido blanco y explicó que era un fantasma y que si intentabas forzarla a algo te lanzaría un maleficio, Kadokura devoró esta información con ojos resplandecientes, fascinado como un niño.

—Sigo sin creer que sea un fantasma. Pero admito que me fascinan los maleficios. En el mundo de la arqueología, se cuentan historias misteriosas en las que se afirma que los conjuros existen. Y he leído muchos libros sobre temas sobrenaturales. Sin embargo, ninguno tiene fundamento científico. De hecho, nunca he conocido a alguien que haya recibido un maleficio. Me gustaría saber lo que se siente.

—¿Cómo? —chilló Fumiko—. ¿Habla en serio?

—Claro que sí. Realmente quisiera probarlo. ¿Acaso usted, señorita Kiyokawa, no dijo que esa mujer le había lanzado un conjuro? Siento curiosidad por saber qué se siente. Puede que a mí también me lance uno si intento moverla a la fuerza.

Nagare y Fumiko, sin saber cómo interpretar el comportamiento de Kadokura, se miraron y se encogieron de hombros. Al mismo tiempo, Nagare pensó: «Me recuerda a mi madre».

La madre de Nagare también era una persona de espíritu libre y totalmente consumida por el ansia de viajar. Incluso llegó a considerarse una aventurera. Era insaciable a la hora de hacer lo que deseaba y, como consecuencia, dejaba de lado a su familia. No tenía compromiso alguno. Así las cosas, ella y el padre de Nagare se habían divorciado antes de que él naciera.

Una vez que nació, lo dejó al cuidado de su hermana menor, la madre de Kazu, mientras ella se iba al extranjero. Nagare se enteró de que estaba en Hokkaidō, pero como solía hacer lo que le daba la gana y nunca dejaba un medio de contacto, no lo sabía con certeza.

«Sin lugar a dudas la señora Kadokura tuvo que soportar lo mismo».

Al mirar a Kadokura, que parecía tan excéntrico como su madre, Nagare no pudo evitar sentir un poco de pena por su mujer e hijos.

—Bueno, creo que puede experimentar lo que se siente al recibir un maleficio, aunque no se lo aconsejo para nada —dijo Nagare con frialdad.

Esto a Kadokura no pareció perturbarlo.

—Aun así, si dice que se puede… —suplicó con una mirada tan decidida que resultaba inquietante.

«Ay, no. No hay forma de detenerlo. Creo que no cambiará de parecer diga lo que le diga».

Nagare suspiró para sus adentros y dijo:

—Solo una vez, ¿vale?

—¡Muchísimas gracias!

A pesar de que la situación le parecía de lo más extraña, Nagare condujo con desgana a Kadokura hacia la mujer del vestido blanco. El profesor sacó, nervioso, un pañuelo del bolsillo. Se quedó de pie junto a la mujer mientras se limpiaba el sudor de la frente y las manos.

—Disculpe, ¿le importaría si me siento?

Kadokura miró a la mujer del vestido blanco con ojos entornados. La mujer siguió leyendo el libro sin responderle y con el semblante inmutable. Aquel día estaba enfrascada en una novela llamada *El perro que quería ser gato y el gato que quería ser perro*.

—Vaya, en verdad ella... —murmuró Kadokura mientras miraba fijamente el rostro de la mujer.

—¿Todo bien?

—Hum, sí, todo bien. Entonces ¿puedo obligarla a moverse?

—Sí.

—Vale. Allá voy.

Kadokura respiró hondo y dio un paso hacia la mujer del vestido blanco.

—Perdone, señora. ¿Podría moverse? —dijo sacudiéndole el hombro.

La mujer no respondió, así que el profesor miró a Nagare en busca de consejo.

—Intente con un poco más de fuerza.

—Ah, está bien.

Con un arrebato de firmeza, Kadokura sujetó a la mujer por el hombro y tiró de él con fuerza diciéndole:

—¡Oiga! ¡Muévase, por favor!

De pronto, la mujer del vestido blanco abrió mucho los ojos y lo fulminó con la mirada.

—Oh, oh.

En ese instante Kadokura cayó de rodillas. Las luces de la cafetería titilaban como llamas de una vela y de la nada una voz escalofriante parecida al gemido de un fantasma resonó en todo el lugar. El rostro pálido y blanco de la mujer se transformó. Se inclinó sobre la mesa y dirigió una mirada de odio espeluznante a Kadokura con ojos totalmente abiertos y pavorosos.

—¡Así que esto es un maleficio! Me pesa tanto el cuerpo y…, ay…, me duele. Siento que se me retuercen los huesos. ¡Esto es lo que se experimenta cuando te lanzan un conjuro! ¡Jamás lo había vivido! Me siento muy pesado. No puedo controlar mis movimientos. Es como si me hubieran echado encima una manta de plomo. ¡Ay, cuánto peso!

Kadokura se arrastraba por el suelo y había cierto gozo en su mirada.

—¿Ya es suficiente? —preguntó Nagare.

Junto a él estaba Kazu, esperando mientras sujetaba una jarrita de plata en la mano.

—Aún no. Un poquito más. Estoy experimentando lo que se siente al recibir un maleficio, y algo tan valioso como esto no se vive todos los días —contestó el profesor jadeando.

—Si usted lo dice. —Nagare soltó un fuerte suspiro.

Desde la barra, Fumiko miraba en dirección a Kadokura, que se arrastraba por el suelo, y rio por lo bajo.

—¡Ay!

Un instante más tarde, el cuerpo de Kadokura yacía extendido por completo, con los brazos y piernas abiertos de par en par. Una serie de sonidos extraños e indiscernibles que subían con aspereza por su garganta indicaban que le estaba costando respirar. Tal vez ya no podía hablar.

—Kazu —dijo Nagare a modo de señal. Le parecía peligroso permitir que aquello continuara.

Kazu se acercó a la mujer del vestido blanco, que miraba a Kadokura con el rostro contraído y el pelo completamente alborotado.

—¿Qué tal si le sirvo otra taza de café? —preguntó en voz baja.

En un instante, la mujer del vestido blanco pasó de estar a punto de saltar sobre la mesa y atacar a Kadokura a decir:

—Sí, gracias. —Y lo hizo con voz mansa, a medida que se sentaba otra vez en la silla.

Al mismo tiempo, las luces de la cafetería volvieron a la normalidad y el gemido espectral desapareció.

—Uf.

El maleficio había terminado. Kadokura recuperó el aliento y comenzó a jadear con fuerza, pero cuando levantó la cabeza su semblante parecía el de un niño eufórico. La mujer del vestido blanco daba sorbos al café mientras leía el libro en silencio.

—Así que eso es un maleficio. Qué interesante, sin duda.

Kadokura se puso de pie al instante y volvió a sentarse junto a la barra; allí abrió su cuaderno y comenzó a escribir algo a una velocidad asombrosa.

Nagare estaba completamente atónito, mientras que Fumiko soltaba risitas como si hubiera presenciado un divertido espectáculo.

Kazu era la única que permanecía serena e indiferente, como si nada hubiera pasado.

Mientras Kadokura estaba absorto en su cuaderno, Fumiko dijo de pronto:

—Ay, Nagare, casi lo olvido. ¿Cómo se encuentra la pequeña Miki? Quería echarle un vistazo.

Miki era la bebé de Nagare y de su mujer, Kei Tokita.

—Pero ¿qué dices? Si la viste ayer.

—Sí, lo sé, pero...

—¿Cuántas veces quieres verla?

—¡Qué importa! Es muy mona, podría pasarme todo el día mirándola.

—Eso suena un poco raro.

Aunque no lo expresó con palabras, los ojos finos y almendrados de Nagare se arquearon, radiantes. Se sentía feliz.

—¿Está dormida?

—En la habitación trasera.

—¿Puedo verla?

—Sí, claro.

—Gracias.

Fumiko se puso de pie de un salto y cogió el móvil del bolso.

—¿No te parece que ya le has hecho suficientes fotos?

—Hoy quiero hacerle un vídeo.

Caminó en dirección a la habitación trasera sonriendo con picardía.

—¿De verdad son para tanto los bebés? —murmuró Kadokura. Había terminado de escribir en su cuaderno y miraba hacia la habitación trasera, al lugar donde había desaparecido Fumiko—. Vaya, perdone, no quise decir que su bebé no sea mona. Yo tengo dos hijas y un hijo, ya crecidos, e incluso tengo nietos.

—¿Y no eran monos? —preguntó Nagare, incrédulo.

—Pues no lo sé. Cuando nacieron mis hijos casi siempre estaba fuera. Cada vez que regresaba a casa habían crecido aún más. Mi segunda hija llegó a decirme: «Vuelve a visitarnos cuando quieras» —contestó Kadokura con una sonrisa irónica—. Ahora que lo pienso, creo que no debería haber formado una familia. Antes de que me diera cuenta, todos habían crecido. Para cuando empezaron secundaria no sabía cómo relacionarme con ellos. A pesar de eso, mi mujer nunca me dijo nada. Siempre me despedía con una sonrisa.

—¿Se arrepiente?

Kadokura se lo pensó un momento en silencio y luego respondió:

—No arrepentirme de nada debe de ser lo que más lamento. Ojalá fuera capaz de arrepentirme. —Y luego añadió—: ¿Qué debo hacer ahora?

—¿Cómo? —De pronto, los ojos almendrados de Nagare se abrieron como platos—. Pues no sé si es algo en lo que pueda...

—No, no. Me refiero para viajar al pasado.

—Ah, eso.

—Lo siento, le he confundido.

—No, no pasa nada —dijo Nagare limpiándose una gotita de sudor de la frente—. En primer lugar, para viajar en el tiempo debe sentarse en la silla donde está la mujer del vestido blanco, por lo que hay que esperar a que la desocupe. Lo hace una vez al día, cuando va al baño.

—¿Dice que es un fantasma que va al baño? Esto se pone cada vez más fascinante.

—Sin embargo, no sabemos cuándo sucederá.

—¿A qué se refiere?

—Solo queda esperar. Si intenta moverla a la fuerza, pasará lo de antes.

—Me lanzará un maleficio.

—Sí.

—Vale, entiendo. ¿Puedo pedirle algo para comer?

—Claro. Si le apetece algo que no está en el menú, puedo preparárselo siempre y cuando tengamos los ingredientes.

—Muy bien. Entonces ¿qué tal pollo y huevo sobre una base de arroz?

—¿Desea un plato de *oyakodon*?

—Sí, mi mujer solía preparármelo hace mucho tiempo. Me gustaría probarlo, gracias.

—Muy bien, ahora mismo —contestó Nagare y se marchó a la cocina.

Quedaron solo Kazu, la mujer del vestido blanco y Kadokura.

Kadokura volvió a abrir el cuaderno y comenzó a escribir.

«Qué silencio».

Lo normal es que en las cafeterías se ponga música clásica o jazz de fondo. De esta manera, los clientes disfrutan de una taza de café mientras se sumergen en música relajante. Es uno de los placeres de las cafeterías. Sin embargo, en aquel lugar no había música. El único sonido provenía de los péndulos de los grandes relojes de pared, que iban desde el suelo hasta el techo y marcaban el paso del tiempo.

La hora de cada reloj era diferente. Al mirar el suyo, Kadokura pudo confirmar que el reloj del medio era el único que mostraba la hora correcta; cada reloj marcaba una hora completamente distinta.

Cuando los clientes visitan la cafetería por primera vez, sienten que pierden un poco la noción del tiempo al sentarse en aquel lugar sin ventanas ni luz solar. Kadokura volvió a sumergirse en ese espacio y logró recordar la primera vez que había ido a la cafetería, un recuerdo que le vino de pronto a la mente como si hubiera sucedido el día anterior.

—De hecho, ya he visto a esa mujer antes —dijo de repente a Kazu, a quien el comentario la cogió por sorpresa—. Fue cuando nos tomaron la fotografía que les mostré. Pensaba que me había equivocado, al fin y al cabo pasó hace veinticuatro o veinticinco años.

Kadokura miró a la mujer del vestido blanco. Kazu escuchaba su historia en silencio.

—Pero no, no me he equivocado. Es ella. Nos sirvió el café a mi mujer y a mí aquel día en esta cafetería. No tenía el pelo tan largo, pero sus ojos afligidos siguen siendo los mismos. ¿Por qué terminó en esa silla? ¿Qué le pasó?

Plaf.

De pronto, el sonido de un libro que se cerraba interrumpió su historia. Provenía de la mujer del vestido blanco. Se puso de pie despacio, pasó por detrás de Kadokura, que estaba sentado junto a la barra, sin emitir sonido alguno y desapareció en el baño.

Una vez que la perdió de vista, Kadokura se dio la vuelta y miró la silla vacía.

—La silla está libre, ¿no?

—Sí.

—Si me siento en ella, ¿podré viajar al pasado?

—Así es. ¿Le gustaría sentarse en la silla?

—Sí, claro.

Apenas respondió, Kadokura se levantó del asiento y caminó hasta situarse frente a la silla en la que había estado sentada la mujer del vestido blanco: la silla que lo llevaría al pasado.

Sin embargo, en lugar de sentarse de inmediato en ella, se quedó parado observándola.

Era una silla isabelina con patas cabriola elegantemente curvadas y el asiento estaba tapizado con una tela de color verde musgo clarito. Aunque era una réplica, se notaba que debía de valer mucho dinero.

Kadokura no era ningún experto en el asunto, pero hasta él se dio cuenta de que todas las sillas de la cafetería eran de categoría y que valían mucho más que una silla común.

Sin embargo, no era en eso en lo que tenía puesta su atención.

—No parece ser muy distinta a las demás sillas.

Kadokura se agachó para acariciar el asiento. Quería saber si aquella silla que llevaba al pasado tenía algo especial respecto a las demás.

—Está fría. De hecho, el espacio que la rodea está helado. Me pregunto por qué será. Tal vez lo especial sea este espacio y la silla sea igual a las demás. ¿Será que se puede viajar en el tiempo incluso si se cambia esta silla por otra?

Se dio la vuelta y descubrió que Kazu se había retirado. Había estado hablando solo. Sin embargo, eso no pareció alterarlo y se deslizó con cuidado entre la mesa y la silla.

—Sí, no cabe duda de que es así. Resulta evidente una vez que te sientas. La silla no está fría, lo que está helado es todo el espacio a su alrededor.

Kadokura estiró poco a poco la palma de la mano alejándola del cuerpo para ver si encontraba alguna diferencia sutil de temperatura.

—Desde aquí... hasta allí..., hasta allí... y allí es evidente que la temperatura cambia. Solo este espacio de unos ochenta centímetros de largo y de ancho tiene algo de especial, desde la mitad de la mesa hasta la silla, esta incluida.

Sin que Kadokura se diera cuenta, Kazu había regresado de la cocina. En la mano sostenía una bandeja en la que llevaba una jarrita de plata y una taza de café de color blanco inmaculado. Haciendo caso omiso a Kazu, Kadokura siguió hablando y su tono de voz permaneció inmutable, sin importar que ella estuviera allí o no.

—Creo que tal vez es este espacio de unos ochenta centímetros cuadrados el que permite viajar al pasado.

—Así es.

—Entiendo. Qué fascinante.

Incluso en ese momento, Kadokura volvió a escribir algo en su cuaderno. Mientras Kazu se llevaba la taza que había usado la mujer del vestido blanco, Nagare emergió desde la cocina sosteniendo un cucharón de madera.

—Hum...

—¿Sí?

—¿Qué quiere que haga con la comida?

—Ay, es verdad, se me había olvidado.

Kadokura había dejado de escribir y tenía la mirada levantada. La mujer del vestido blanco había desocupado la silla más rápido de lo previsto.

—Hum... ¿Puedo comer cuando regrese?

—Por supuesto.

—Vale, entonces comeré cuando vuelva.

—Claro, sin problema.

Kadokura percibió el aroma a su alrededor.

—Qué bien huele, ya estoy deseando regresar —le dijo a Nagare.

—La comida lo estará esperando.

Los ojos estrechos y almendrados de Nagare volvieron a resplandecer de gozo a medida que regresaba a la cocina.

—Vale, entonces...

Kadokura irguió la espalda y asintió levemente en dirección a Kazu. Era su manera de decirle que estaba listo. Kazu permaneció de pie en silencio junto a la silla. Cuando Kadokura contempló su rostro sintió que un escalofrío le recorría la espalda.

«¡Vaya, qué parecido! Es igual a la mujer fantasma que estaba sentada en esta silla».

Lo percibió en su semblante traslúcido, sus ojos estrechos y su gesto pensativo, y, principalmente, en su estructura ósea, o, mejor dicho, su silueta. Puede que solo una persona tan perceptiva como Kadokura fuera capaz de notarlo, pero estaba seguro.

«Son madre e hija».

Era evidente que la mujer del vestido blanco era la madre, y la camarera que estaba a su lado, la hija.

«Necesito saber qué fue lo que pasó».

Pero se mordió la lengua. Era muy consciente de que el hecho de que tu madre se hubiera convertido en un fantasma y tuviera que sentarse para siempre en esa silla, sin envejecer jamás, no era un asunto ligero ni tampoco algo que pudiera traer a colación solo por curiosidad.

«Aun así, me gustaría saber qué pasó».

—Verá, me preguntaba...

«No, no puedo».

En su mente, sacudió la cabeza con fuerza para deshacerse de la pregunta que se acababa de formular.

«Concéntrate en viajar al pasado».

—Hum... Nada, prosiga, por favor.

Cuando Kadokura miró a Kazu, ella colocó la taza de café vacía justo enfrente de él, como si hubiera estado esperando aquella señal para hacerlo.

—Ahora le serviré el café. El tiempo del que dispondrá en el pasado comenzará cuando haya terminado de servirle el café y finalizará cuando este se enfríe.

—Sí, lo sé.

—Mientras esté en el pasado, debe recordar tomarse todo el café antes de que se enfríe.

—¿Antes de que se enfríe?

—Sí.

—¿Y por qué?

—Si no lo hace...

—¿Qué pasará?

—Se convertirá en un fantasma y le tocará a usted sentarse en esa silla.

—¡MADRE MÍA! —gritó en un tono de voz altísimo, más fuerte incluso de lo que había gritado cuando le echaron el maleficio. No solo estaba sorprendido al enterarse de que se convertiría en un fantasma si no se tomaba todo el café, sino que lanzó aquel grito al darse cuenta de que, de ser cierto, había resuelto el misterio de por qué la camarera que había visto hacía muchos años en la cafetería ocupaba ahora ese asiento y tenía el mismo aspecto que en aquel entonces.

Además, aquello confirmaba su hipótesis de que la camarera que estaba de pie junto a él era en verdad la hija de la mujer del vestido blanco.

«Qué circunstancias tan extrañas».

—¿Por qué acabó convertida en fantasma? —preguntó Kadokura de pronto mientras observaba a Kazu aturdido—. Vaya, perdone. No me haga caso. Prosigamos.

Intentó desesperadamente borrar sus palabras, pero no había remedio, nada de lo que dijera podría arreglarlo.

Sin embargo, el semblante de Kazu permaneció inmutable.

—Ella..., Kaname..., viajó para encontrarse con su difunto esposo —contestó.

—Vaya, ¿en serio?

Para Kadokura fue muy chocante oír a Kazu referirse a la mujer como «ella» y no como «mi madre».

—Conocía bien las reglas de la cafetería, pero supongo que simplemente perdió la noción del tiempo. Se le debió de olvidar y lo recordó cuando el café ya se había enfriado...

—¿Y por eso se convirtió en fantasma?

—Sí.

—Entiendo —dijo Kadokura, frunciendo el ceño al oír la historia.

«Qué fuerte».

Quizá las reglas que había oído hasta el momento respecto a los viajes al pasado fueran engorrosas, pero no implicaban en sí un peligro. Incluso si no puedes encontrarte con alguien que nunca haya visitado la cafetería, si no puedes levantarte de la silla o si no puedes cambiar el presente, ninguna de esas reglas supone un riesgo.

Él mismo había experimentado lo que se siente al recibir un maleficio. Sin lugar a dudas era algo doloroso, pero tolerable. Al igual que las personas tienen puntos de presión que duelen al apretarlos, él había sentido como si alguien hubiera activado los suyos.

En ese momento, después de haberlo experimentado, se sentía incluso renovado, más lúcido. De hecho, después de recibir el maleficio había sentido que la rigidez que tenía en los hombros, algo que le aquejaba desde hacía mucho tiempo, se había disipado un poco. Puede que lo llamaran «maleficio», pero creía que incluso podría considerarse un masaje terapéutico.

Sin embargo, aquella regla nueva era completamente diferente.

«Si no me hubiera dado cuenta de que ella y la mujer fantasma eran madre e hija, puede que no hubiera comprendido del todo lo peligrosa que es la regla».

Kadokura sabía qué le diría a su mujer cuando regresara al pasado. No le llevaría mucho tiempo.

Cuando le informaron de que debía regresar antes de que se enfriara el café, no le afectó. Para él, era tiempo suficiente. Sin embargo, ahora era consciente del vínculo entre aquellas dos mujeres. Era evidente que eran madre e hija.

«Qué regla más cruel. Cruel para ellas, en todo caso».

Respiró hondo para tranquilizarse.

«Vale. Tengo que concentrarme en mi viaje al pasado», se dijo a sí mismo.

—Entonces, debo tomarme todo el café antes de que se enfríe.

—Así es.

—Muy bien, entendido. Puede servirme el café.

Al oír esas palabras, Kazu levantó lentamente la jarrita de plata con la mano derecha. Kadokura se quedó hipnotizado al observar sus movimientos. Sostuvo la jarrita frente a ella, a la altura del pecho, parpadeó con calma e hizo cada gesto de forma elegante y eficaz.

«Qué belleza». Kadokura exhaló de pronto. Los ojos de Kazu miraban hacia abajo, hacia la taza vacía. Incluso Kadokura se había dado cuenta de que el ambiente se tensaba. El único sonido que se percibía era el de los tres relojes que marcaban el paso del tiempo.

Dong, dong, dong...

De repente, el reloj de pared que estaba en el extremo izquierdo comenzó a sonar.

—Muy bien —dijo Kazu, como si hubiera estado esperando aquella señal. Luego susurró—: Antes de que se enfríe el café.

Las palabras de Kazu resonaron en la cafetería y el ambiente, que ya de por sí estaba tenso, pareció estremecerse aún más.

«Siento que el espacio que me rodea está aún más frío».

El ritual de servir el café continuó. Kazu comenzó a servir el café en la taza como a cámara lenta.

«Vaya...».

Una voluta de vapor se elevó desde la taza llena de café y el espacio de ochenta centímetros cuadrados donde estaba sentado empezó a deformarse y ondularse siguiendo el vaivén del vapor.

Kadokura se sintió mareado al quedar envuelto en aquel entorno deformado y bamboleante.

«Pero ¿qué está pasando? ¿Acaso me estoy evaporando?».

Observó cómo las manos se le transformaban en vapor. Su cuerpo vaporoso fue elevándose poco a poco.

El entorno comenzó a fluir hacia abajo.

«Nunca imaginé que sentiría algo tan extraño».

Kadokura contempló, encantado, aquella escena. Si tan solo hubiera podido usar las manos, ahora convertidas en vapor, habría sacado su cuaderno para hacer algunas anotaciones. Intentó, desesperado, contemplar lo que transcurría junto a él.

«¡De haber sabido que experimentaría algo así, habría traído mi cámara de vídeo!». Y así, con ese pesar, su conciencia se desvaneció.

Mieko, mi mujer, era una persona callada. Hablaba muy poco y no expresaba sus opiniones. No se quejaba de nada y lo toleraba todo. Ya había pasado por un divorcio. Su primer matrimonio había sido concertado. Cuando le pregunté por qué se había divorciado, se limitó a contestar: «Él decía que yo era aburrida».

Nuestro matrimonio también fue un arreglo. Yo tenía treinta y uno, y Mieko, veintiocho. Ya a esa edad estaba totalmente concentrado en la arqueología e iba muy poco al piso que alquilaba.

—Es imposible que alguien quiera casarse conmigo. No tengo dinero y casi nunca estoy en casa. ¿Quién querría un marido como yo?

Sin embargo, a pesar de haberle dicho eso a mi tía entrometida, responsable de arreglar el matrimonio, ella se mantuvo obstinada y preparó todo para que conociera a Mieko.

—Por mí está bien —contestó Mieko.

Aun así, pese a su respuesta, estaba seguro de que pronto comenzaría a odiarme y que me pediría el divorcio. No imaginaba que podría tener una pareja de por vida. Estaba obsesionado con la arqueología y, además, solo prestaba atención a mis propios intereses y a nada más.

Nunca creí que alguien como yo podría hacer feliz a otra persona, ya que solo pensaba en mí mismo. Y lo sigo haciendo. Sin embargo, Mieko jamás hizo siquiera referencia al divorcio.

—Hasta pronto, cuídate. —No hablaba mucho, pero siempre me despedía con una sonrisa.

Cada vez que volvía a casa después de haber estado meses fuera, me daba la bienvenida con frases como «Ey, has vuelto. ¿Quieres cenar?», como si me hubiera marchado aquella misma mañana.

Mi pasión por conversar era mayor de lo que pensaba. Cuando volvía de las expediciones le contaba a Mieko lo que había sucedido durante la excavación, lo que había visto y oído, algo que tenía registrado en mi cuaderno.

Sin embargo, al terminar el relato, Mieko solía decir: «No he pillado ni una palabra de lo que has dicho».

Aun así, siempre escuchaba mis historias hasta el final sin interrumpirme. Nunca me importó si ella entendía lo que le decía. Creo que simplemente quería tener a alguien a quien contárselo.

Sé que en mi entorno me consideran excéntrico. Pienso que tal vez era solitario. Creí que eso no tenía nada de malo. Y así, con mi forma de ser, Mieko fue la única que me dio un lugar al que llamar hogar.

Pero, una vez que nacieron los niños, mis colegas comenzaron a preguntarme cosas como «¿Por qué no pasas más tiempo en casa?».

Eso me causó un estrés enorme, ya que siempre había creído que la intimidad no era lo mío. Ni siquiera había imaginado que podría permanecer casado.

Funcionaba con Mieko porque ella era especial. Sin embargo, los niños simplemente querían una familia normal, un padre normal. Pero yo no podía cambiar. Así que no me sorprendió que mi segunda hija me dijera: «Vuelve a visitarnos cuando quieras».

«Qué ingeniosa», pensé cuando lo dijo. Admiraba su sentido del humor.

Por suerte, las investigaciones que llevaba a cabo comenzaron a recibir reconocimiento y desde el punto de vista económico nos iba bien. Cuando mis hijos se hicieron adultos, lo único que pude hacer por ellos fue comprarles una casa.

—Al fin un gesto paterno de tu parte —dijo mi hija mayor, pero no sé si aquello podría considerarse un «gesto paterno», ya que el dinero no me interesaba. No tenía en qué gastarlo.

Simplemente había seguido el consejo de Mieko y había utilizado algo que para mí no tenía valor para comprarle una casa a mi hija. Cuando le pregunté a Mieko si consideraba que también debía comprarle una casa a ella, lo rechazó.

—Con este piso me basta.

Así que ambos hemos vivido siempre en el mismo piso. Para mí, no es más que un lugar llamado hogar al que voy a veces. Y, aunque solo fuera eso, para Mieko era suficiente.

Si me hubiera casado con otra mujer, probablemente no habría durado. Me pregunto qué habrá pensado Mieko al respecto. Ahora jamás podré saberlo.

«Ay, pobre mamá».

«Deberías tratarla mejor».

«Ahora está tan sola».

Mis hijos se preocupaban por su madre, como suele suceder.

—Ojalá fueras un padre más normal —había dicho mi hijo cuando estaba en primaria. En aquel momento yo no sabía qué significaba ser un padre normal. Y estoy seguro de que, asimismo, mis hijos no lograban comprender la felicidad a la que yo aspiraba.

Aun así, Mieko y yo compartíamos nuestras vidas, pero ella tuvo un accidente y quedó en estado vegetativo. Sus ojos dejaron de ver; sus oídos, de oír. Mis hijos lloraron por su madre, pero, aunque yo sentía que también me correspondía llorar, no sabía cómo hacerlo.

Ella seguía viva.

Cuando terminé la expedición, regresé a la habitación del hospital donde estaba Mieko. El único hogar para mí era donde estuviera Mieko.

—Tengo que contarte sobre mis maravillosos descubrimientos.

Ahora, cuando me dejaba llevar por explicaciones elaboradas, ella no solo no las comprendía, sino que ni siquiera podía oír mis palabras.

Hace aproximadamente dos años y medio que se encuentra en estado vegetativo.

—No diría que su recuperación es imposible, pero, teniendo en cuenta la edad, su cuerpo podría resistir a lo sumo un año. Ni siquiera podría decirle si vivirá otros seis meses —había dicho el médico.

—Entiendo. Gracias, doctor.

Por primera vez en mi vida comprendí lo que era el arrepentimiento. Como siempre me había mantenido fiel a mis pasiones, di por sentado que no tendría asuntos pendientes en mi vida, pero había surgido uno. Necesitaba regresar al pasado y decirle a Mieko, antes de que quedara en estado vegetativo, *aquello que había olvidado decirle.*

—¿Papá? ¿Qué haces aquí? —La voz estridente de mi hija me despertó.

Me observaba desde la caja registradora mientras acunaba a mi nieta en brazos. Miré alrededor, pero la cafetería no había cambiado desde que había emprendido el viaje al pasado. Seguía iluminada por la tenue luz sepia que emitían las lámparas con pantalla. El ventilador de madera daba vueltas en el techo, y los péndulos de los tres grandes relojes de pared marcaban horas distintas.

Excepto porque mi hija tenía a mi nieta en brazos, nada a mi alrededor indicaba que había viajado a un tiempo anterior a que Mieko quedara en estado vegetativo. En mi presente, mi nieta tenía seis años.

Empezaría primaria al año siguiente. En aquel momento, al verla en brazos de mi hija, me di cuenta de que debía de tener dos o tres años. Probablemente había viajado tres o cuatro años al pasado.

«Pero Mieko no está aquí».

La cafetería era pequeña. No había ningún punto ciego, ni siquiera desde el rincón más alejado de la parte trasera. Solo veía a la camarera que me había servido el café, que ahora estaba de pie detrás de la barra.

—¿Papá? ¿De dónde has salido?

Esta vez, vi el rostro de mi hija pequeña, que estaba detrás de mi hija mayor.

—¿Ah? —Mi hijo se quedó un instante de pie en la puerta de entrada y luego retrocedió—. Oye, mamá. No vas a creerlo, pero papá está aquí —dijo.

Al parecer, mis hijas, mi hijo y Mieko acababan de llegar juntos a la cafetería.

—¡Hola! —dijo Mieko al verme. Se acercó y se sentó en la silla frente a la mía.

—Hola, bienvenidos —dijo la camarera mientras nos servía a todos un vaso de agua. Mieko pidió un café y mi hija pequeña y mi hijo, que estaban sentados en la mesa del medio, pidieron un café helado cada uno.

Mi hija mayor permaneció de pie junto a nuestra mesa con mi nieta en brazos.

—Una limonada para mí, por favor. ¿Y podría ponernos un poco de leche tibia para mi hija? Me sentaré junto a la barra —le dijo a la camarera.

—Sí, enseguida —contestó la camarera asintiendo cortésmente, y se marchó hacia la cocina.

—Deberías habernos dicho que vendrías.

—¿Acaso no te ibas a una excavación en Francia?

—Mamá, ¿tú sabías que papá vendría?

Como respuesta al vaivén de preguntas de mis hijas, Mieko negó con la cabeza.

«Francia. Entonces debemos de estar en torno a junio, hace tres años».

Fui uniendo las piezas de mis recuerdos y descubrí el día aproximado en el que estaba. Mieko había sufrido el accidente que la dejó en estado vegetativo cerca de Navidad, unos seis meses después de ese día.

Según mis hijas, Mieko iba caminando por la acera cuando un ciclista que estaba mirando el móvil se la llevó por delante.

A pesar de que se cayó y se golpeó fuertemente la cabeza, logró ponerse en pie y regresar a casa como si nada hubiera pasado. Sin embargo, se desmayó de forma repentina y volvió a caerse, esta vez frente a nuestro piso.

Un vecino llamó a emergencias y una ambulancia la llevó al hospital. Nunca más recuperó la conciencia.

«Fue todo tan repentino».

El estado vegetativo persistente es un trastorno de la conciencia en el que se daña el cerebro y se pierde la capacidad de pensar, ver, oír y actuar de forma consciente. Sin embargo, se conservan las funciones del tronco encefálico que controlan la respiración y otras funciones vitales.

Por el contrario, en el caso de una persona que sufre muerte cerebral, su cerebro deja de funcionar y necesita de un respirador. Estas personas no suelen vivir más de dos semanas, incluso con respirador.

Sin embargo, alguien que está en coma puede permanecer así entre dos y cinco años, según su estado. Una mujer de los Emiratos Árabes Unidos despertó de un coma después de veintisiete años.

«Los médicos no prevén que Mieko viva mucho más, teniendo en cuenta su edad».

Probablemente a Mieko, sentada en aquel momento frente a mí, le resultaría imposible entender que algo así le iba a suceder. Incluso si se lo dijera para evitar el accidente, el presente permanecería inmutable.

Lo comprendía.

Pero «¿y si...?».

«En esta vida, nada es definitivo. ¿Y si existe alguna especie de laguna en las reglas y es posible alterar el momento del accidente? No creo que sea del todo imposible. Sí, eso podría cambiar, tal vez un año o dos, o incluso cinco o diez. Puede que el presente en el que ella queda en estado vegetativo sea inalterable. Pero, aun así, ¿y si fuera posible modificar el momento en que ocurre el accidente?».

En mi mente surgieron dos opciones.

«Debería creer en la regla y decirle a Mieko lo que he venido a decirle. No debería contarle nada sobre el accidente, ya que esto les provocaría una angustia innecesaria a ella y a mis hijos».

Esto fue lo primero que pensé.

«Debería tener en cuenta la posibilidad de que exista una laguna en la regla. Debería decirle a Mieko lo que he venido a decirle, pero, por si acaso, también contarle lo del accidente».

Si existía la más mínima posibilidad de cambiar el momento del accidente, quería intentarlo. Sin embargo, la camarera me había dicho: «Nadie olvida nunca lo que sucedió». No podía quitarme estas palabras de la mente. Si les contaba sobre el accidente y sobre el hecho de que Mieko quedaría en estado vegetativo, tendrían que vivir sabiendo que eso sucedería. Cuantas más vueltas le daba al asunto, más sentía que estaba atrapado en un laberinto sin salida.

—Oye, papá. ¿Acaso no es la primera vez que ves a tu nieta?

—¿De verdad? Pues qué mal.

—Es papá, todo es posible.

—Pues para serte sincera, hermanita, si no lo sabes tú, tampoco habla muy bien de ti.

—Puede ser. Pero a ver, hablamos de papá, casi nunca está en Japón.

—Es cierto.

—De niña, una vez le dijiste: «Vuelve a visitarnos cuando quieras», ¿te acuerdas?

—¿No fue Takeo quien dijo eso?

—Ah, ¿sí?

—No, no, yo fui el que le dijo: «¿Quién es usted, señor?» —contestó mi hijo metiéndose en la conversación.

—Entonces ¿fui yo quien le dijo: «Vuelve a visitarnos cuando quieras»? No me acuerdo.

—Por cierto, Takeo, mamá nos contó que nació tu segundo hijo.

—Sí, el mes pasado.

—Qué pena que no lo hayas traído. Pocas veces tendrás la oportunidad de que papá lo conozca.

—Es verdad. De haberlo sabido, lo habría traído conmigo.

—¿Por qué no nos dijiste que vendrías? —preguntó de pronto mi hija mayor.

Todavía no sabía si contarles lo del accidente. Conocía lo suficiente a Mieko como para estar seguro de que se lo tomaría con calma. Así era ella. De lo contrario, no habría seguido casada conmigo todo este tiempo.

El problema eran mis hijos. Supe que quedarían consternados al oír una noticia tan impactante, así que decidí que lo mejor sería mentir.

—Olvidé unos documentos importantes y quedé en reunirme aquí con el señor Kumada para que me los entregue.

«Debería esperar antes de tomar una decisión. Esperar y ver qué pasa», me decía una voz cautelosa en mi interior. Y estaba de acuerdo. Lo mejor era esperar un poco más y ver qué sucedía.

Sin embargo, mi hija mayor no aceptó aquella mentira meditada.

—Aunque no fuera cierto, por lo menos podrías haber dicho que has venido por el aniversario —declaró de pronto.

Me quedé en blanco. No sabía de qué hablaba.

—¿Aniversario? ¿De quién? —pregunté ladeando ligeramente la cabeza.

—¿En serio? ¿Estás aquí, pero no lo recuerdas?

—¿Es broma?

Mis dos hijas me miraban boquiabiertas, sin dar crédito a mi pregunta.

—¿Acaso no sabías que mamá viene a esta cafetería todos los años por el aniversario?

—Pero ¿para qué vendría tu madre a esta cafetería a celebrar el aniversario de alguien?

—Qué idiota —dijo mi hija mayor suspirando de manera exagerada y se sentó en un taburete.

Mieko soltó una risita.

—¿Cómo es posible que no estés enfadada, mamá?

—Venga ya. No es raro viniendo de papá —puntualizó Takeo.

—¿El qué? ¿Sacarnos de quicio?

—Eso mismo.

Mis hijas bebieron su limonada y café helado, y luego apoyaron los vasos en la mesa con un golpe seco, enfadadas.

—Entonces ¿de quién es el aniversario?

—Ya está, no puedo más. Mamá, vámonos.

—Si fuera mi marido, ya me habría divorciado. Lo tuyo es muy fuerte.

Mis hijas apartaron sus miradas encolerizadas de mí.

—Por favor, que alguien me explique qué está pasando —dije mirando a mi hijo en busca de apoyo.

Seguía sin saber si contarles lo del accidente y no podía prestar atención a algo que desconocía por completo.

Mi hijo se puso de pie, se acercó a sus hermanas y les hizo señas para que se calmaran.

—Papá, debes de haberlo olvidado, pero hace unos veintipico años viniste a esta cafetería con mamá. ¿Lo recuerdas?

—Sí, fue la única vez que vinimos.

—¿Y acaso ese día no fue vuestro aniversario?

—¿De verdad?

—Sí.

—¡Nuestro aniversario! —Volví a ladear ligeramente la cabeza.

—Sí, vuestro aniversario, ni más ni menos —dijo mi hija mayor con tono severo.

—¿Y por qué vuestra madre viene a esta cafetería todos los años?

—¿Por qué no se lo preguntas a ella?

Mi hijo se encogió de hombros y mis hijas soltaron un fuerte suspiro. Cuando miraron a Mieko, ella sonrió con timidez.

—Ja, ja. Es un capricho que tengo.

Nunca logré comprender la idea de celebrar un aniversario. Y creo que Mieko es la única que entiende esa parte de mí. Mis hijos serían más felices si yo me adaptara a las convenciones sociales, pero jamás le vi el sentido.

—Ay, no...

La taza que tenía en las manos ya estaba más fría de lo previsto.

«De eso sí que no puedo olvidarme. Debo beber el café antes de que se enfríe».

Di un sorbo a la taza.

«Está tibio».

La charla sobre el aniversario no me había permitido decir lo que tenía planeado. Debía decidir rápido si les contaría o no lo del accidente.

—¡Ah!

De pronto, me percaté de la camarera, que estaba de pie detrás de la barra en silencio.

«¿Cómo no se me ocurrió antes?».

—Perdone, ¿puedo hacerle una pregunta? —dije levantando la mano y llamándola—. Sé que el presente no se puede cambiar, pero tal vez el momento exacto en que ocurren los acontecimientos que conducen a ese hecho puede alterarse. ¿Es posible que se produzca un leve cambio? —le pregunté yendo al grano, ya que el poco tiempo que me quedaba era muy valioso.

A mis hijos aquello debió de desconcertarlos. Seguían sin darse cuenta de que había viajado desde el futuro.

Pero pensé que la camarera comprendería mi pregunta, teniendo en cuenta que trabajaba en la cafetería. Y, tal como imaginé, ella me brindó una simple respuesta:

—No estoy segura.

Con eso me bastaba.

«Vale. Ya me he decidido».

—Siento lo del aniversario —dije—. No lo recordaba, pero sí recuerdo el día que vinimos aquí. Era uno de esos raros días en los que tenía un rato libre y Mieko sugirió que saliéramos a algún sitio. Yo le dije que fuéramos a una cafetería y así fue como terminamos aquí... Simplemente soy un mal marido que no recuerda los aniversarios. Mieko, espero que puedas perdonarme, nada más.

Mis hijas me observaron mientras yo inclinaba la cabeza, y luego se miraron la una a la otra. Dirigieron la mirada al suelo; sin lugar a dudas, mi gesto inesperado las había incomodado.

Fue Mieko quien rompió el incómodo silencio.

—No me molesta. Si algo sé de ti, es que no te interesan los aniversarios —dijo soltando una risita.

Su reacción fue justo la que había previsto. Mieko era así.

—Lo cierto es que he viajado desde el futuro con un propósito.

—¿Qué?

Mis hijas, que tenían la mirada puesta en el suelo, levantaron la cabeza al mismo tiempo.

—Entonces, el rumor sobre esta cafetería...

—Es real, sí —dije interrumpiendo a mi hijo con una señal de la mano.

Habría sido más sencillo ir al grano si todos hubieran tenido una mínima idea de lo que estaba sucediendo, pero no había tiempo para esa charla.

—En seis meses, Mieko tendrá un accidente y quedará en estado vegetativo. Permanecerá así dos años y medio —dije, y decidí apostar por la posibilidad.

—¿En estado vegetativo? —preguntó Mieko.

—Sí —le contesté sin rodeos.

—Vaya —murmuró Mieko, con la mirada gacha y consternada, con razón.

—¿Es una broma?

—Pero ¿qué dices? No es gracioso.

Mis hijas me miraban furiosas, sin dar crédito a lo que oían.

Por el contrario, parecía que a mi hijo se le había caído el alma a los pies. Debía de conocer la regla de la cafetería: el presente no cambiará.

—Dependerá de vosotros si decidís creerme o no.

—¿Cómo puedes decirnos algo semejante? —exclamó mi hija mayor con un chillido que resonó en todo el lugar.

Mi nieta se sobresaltó al oír el tono de su madre y se echó a llorar.

Sin embargo, a pesar de que su amada hija lloraba desconsolada, los gritos de mi hija no cesaron.

—Conozco el rumor. Nunca me detuve a pensar si era cierto o no, pero, aunque fuera verdad, ¡cómo te atreves! ¿Acaso tienes idea de lo que acabas de decirle a mamá? ¿Que en seis meses...? Y lo sueltas así como si nada, sin siquiera inmutarte. ¿Cómo eres capaz?

—Necesito que me escuchéis. No tengo tiempo.

—¡Como si me importara! ¡Siempre has sido así! ¡Lo único que importa eres tú! ¡Nunca has pensado en mamá ni en ninguno de nosotros! Siempre nos has tenido comiendo de tu mano. Y estoy harta. ¿Por qué lo haces? Por lo menos deberías pensar en mamá.

Una vez que terminó de hablar, mi hija mayor se echó hacia atrás en el taburete, agotada. Mi nieta seguía llorando en sus brazos, pero su madre no conseguía calmarse como para consolarla. Mi segunda hija tomó a la niña en brazos.

—Entonces ¿no hay manera de evitar el accidente? —preguntó en tono calmado y frío.

—No —me limité a contestar.

—¿Y para qué viniste? No has venido simplemente a contarle a mamá su inevitable destino, ¿o sí?

—Hum, no.

—Pues entonces dilo ya de una vez. Di lo que has venido a decir y vete de aquí. —Su tono de voz era sereno, pero evidentemente seguía enfadada por lo que les había revelado.

Aun así, me sentía aliviado por dentro. «Menos mal», pensé. Por la temperatura de la taza, debía quedarme poco tiempo.

—Vale. —No me arrepentía de haberles anticipado lo que sucedería en el futuro.

Pero, si regresaba sin decir nada más, el viaje habría sido inútil. No era momento de pensar en qué era bueno o malo. Tenía que asegurarme de que mi revelación no había sido en vano. Eso era lo más importante.

—Mieko.

—¿Sí?

—Hasta el día de hoy, he vivido como he querido.

—Sí.

—He hecho lo que he querido por encima de todo.

—Sí.

—Por lo tanto, creí que a mis sesenta y siete años no me arrepentiría de nada.

—Imagino que no.

—Hasta que quedaste en estado vegetativo.

—Ay, vaya.

Mieko me miró completamente sorprendida.

—Yo también me sorprendí. Fue la primera vez que me di cuenta. De que sí había algo de lo que me arrepentía. Fue la primera vez que me sentí así. Pero, como en el futuro ya no puedo hablar contigo, he venido aquí. Quiero decirte algo.

—¿A mí?

—Sí.

—Vale, te escucho.

—Fui feliz contigo.

Y eso era lo que lamentaba no haberle dicho.

Una vez que Mieko quedó en estado vegetativo, podía hablar con ella, pero no podía decirle nada.

—Nunca te he dicho nada parecido, así que puede que no me creas. Quería que supieras que he sido feliz gracias a ti. Quería decírtelo. He sido feliz. Gracias. Eso es todo.

Y, después de decir aquello, bebí el café de un solo trago. Era más amargo que el café al que estaba acostumbrado. Sentí como si su intensidad me vigorizara a medida que su aroma me invadía por completo. No percibí ninguna calidez al tragarlo. Puede que ya estuviera a solo unos segundos de enfriarse del todo.

«Ha faltado poco…».

De pronto me di cuenta de que había vuelto a colocar la taza de café sobre la mesa y que respiraba hondo. Miré a mis hijas, que me observaban consternadas. Al parecer, les estaba costando digerir la extraña conversación que acabábamos de tener, con bruscos altibajos.

—No dejéis que esto os afecte. —Mi nieta dormía en brazos de mi segunda hija—. Vedlo de esta forma: vuestra madre quedará en estado vegetativo en unos seis meses. El accidente fue muy repentino, nos tomó a todos por sorpresa.

»Cuando suceda, será tarde para arrepentirse, como me ocurrió a mí, de no haber hecho o dicho esto o aquello. Sin importar lo que digáis, la regla se encargará de que vuestra madre quede en estado vegetativo. Es inevitable. Pero vuestro recuerdo de lo que sucedió hoy nunca se borrará. —Comencé a marearme y todo a mi alrededor empezó poco a poco a ondularse—. Por eso, tratadla bien durante los próximos seis meses, así no os arrepentiréis de nada. Incluso mejor que antes. Hacedlo por mí.

—Vale…

Cuando creí oír la voz de mi segunda hija, sentí que de repente mi cuerpo comenzaba a evaporarse y a elevarse hacia el techo.

—¡Papá! —gritó mi hija mayor.

Pude ver cómo las lágrimas le brotaban de los ojos. No supe diferenciar si eran de ira o tristeza.

El entorno que me rodeaba fluía hacia abajo. Y yo estaba a punto de perder la conciencia.

Antes de desmayarme, vi de pronto a Mieko mirándome desde abajo. Ella también estaba llorando.

—¡Mieko!

—Cariño.

—No diré adiós.

Seguía aferrándome a la posibilidad de que el momento de los acontecimientos cambiara. No lo sabría hasta que regresara al futuro.

—Yo...

—¿Sí?

—Yo siempre he sido feliz.

—¿De verdad?

—Sí. —La voz de Mieko seguía siendo tan hermosa como siempre.

Al regresar al presente, Kadokura decidió no comerse el plato de pollo y huevo sobre una base de arroz, el *oyakodon*, y se marchó deprisa de la cafetería.

Fue en taxi hacia el hospital donde estaba Mieko.

La ventana de la habitación estaba abierta y la cortina blanca de encaje se mecía al ritmo de la brisa. Al lado de la cama de Mieko había una foto de sus hijos.

Kadokura entró en silencio en la habitación y colgó su abrigo mientras recuperaba el aliento. Un pétalo de flor de cerezo que se le había pegado a la chaqueta cayó revoloteando al suelo.

—No he podido retrasarlo... —dijo Kadokura al sentarse junto a la cama.

El pecho de Mieko subía y bajaba con delicadeza.

—Qué raro —dijo con voz temblorosa mientras la observaba respirar—. He logrado quitarme de encima ese arrepentimiento, ¡pero ahora lo que deseo es que despiertes!

Las lágrimas le resbalaban por las mejillas. Intentó secárselas muchas veces, pero aquellas lágrimas persistentes no paraban de brotar.

2

La despedida

—¿Tu perro?

Nana Kohtake, que estaba sentada en uno de los asientos de la barra, ladeó la cabeza y arqueó una ceja. Trabajaba como enfermera en el hospital de la zona. Ya era un hábito diario pasarse por la cafetería después del trabajo.

—Sí. Se llamaba Apolo —contestó Mutsuo Hikita, quitándose las gafas mojadas por la lluvia.

Mutsuo tenía treinta y siete años, un corte de pelo estilo militar y barba. Llevaba un polo, bermudas y una mochila. Estaba de pie en la entrada, empapado.

—¿Está lloviendo? Según el pronóstico hoy iba a hacer bueno.

Nagare Tokita salió de la habitación trasera agarrando una toalla.

—Gracias —dijo Mutsuo y cogió la toalla agradecido.

—Sí, solías traerlo cuando venías a la cafetería. Era un golden retriever, ¿verdad?

—Sí, ese mismo.

—¿Ha pasado algo? —preguntó Nagare, y el semblante de Mutsuo se entristeció.

—Sí. Murió la semana pasada, ya era mayor. Tenía trece años.

—Ay, cuánto lo siento...

—Sí, bueno... Él no sufrió. Creo que se fue en paz —contestó Mutsuo mientras se secaba el cabello húmedo con la toalla.

—¿Crees? —preguntó Kohtake.

—Pues es que... Justo al final, mi mujer... —contestó Mutsuo sin poder terminar la frase. Tras una pausa inspiró con determinación y levantó la mirada—. Apolo era nuestra mascota, pero durante sus trece años de vida fue alguien muy especial para nosotros como pareja. Queríamos tener hijos y hasta nos sometimos a un tratamiento de fertilidad, pero no hemos podido...

—Trece años no está nada mal para un perro. Son casi noventa para una persona, ¿no? De hecho, es mucho tiempo para un perro grande como un golden retriever —dijo Kohtake con delicadeza y con la mirada puesta en el rostro triste de Mutsuo.

—Sí, es bastante. Por lo tanto, sabíamos que el momento llegaría. Los últimos días antes de que muriera nos turnábamos para estar con él y cuidarlo todo el tiempo, para que no estuviera solo. Nunca lo consideramos un deber, de hecho valorábamos cada día que seguíamos juntos y deseábamos que perdurara. Queríamos que viviera aunque fuera un segundo más, era lo único en lo que pensábamos.

Mientras escuchaba a Mutsuo, Nagare tenía la mirada fija en una fotografía enmarcada que estaba al lado de la caja registradora: en ella aparecía Kei Tokita sonriendo. Su semblante permaneció inmutable.

—Sé a lo que te refieres —se limitó a contestar, como si hablara consigo mismo.

—Al final, cuando Apolo fue perdiendo temperatura y comenzó a tener espasmos ocasionales, mi mujer permaneció a su lado, casi no dormía. Y fue por eso por lo que…

—Ay, no… —Kohtake y Nagare se miraron.

—Sí. Sucedió justo en el momento en que mi mujer estaba con él. Se despertó y se dio cuenta de que Apolo estaba frío.

—Pero son cosas que…

—Sí, lo sé. Son cosas que pasan, no se puede evitar. Yo le dije lo mismo, pero mi mujer no se perdona haberse quedado dormida. No pudo despedirse justo al final.

—Así que ¿es tu mujer la que quiere viajar al pasado?

—Pues no exactamente. —Mutsuo negó con la cabeza—. Mi mujer todavía no conoce ese aspecto de la cafetería.

—¿Entonces?

—Pues… es que… Si fuera posible regresar al pasado y ver a Apolo una vez más… Creo que le haría mucho bien.

—Entiendo. —Kohtake asintió y sorbió ruidosamente el resto de su café helado.

Nagare escuchaba a Mutsuo de brazos cruzados.

—¿Sabes que hay que cumplir una serie de reglas para poder viajar al pasado? —le preguntó.

—Sí… Me enteré acerca del rumor de la cafetería cuando leí esta revista.

—¿Revista?

Ante el semblante escéptico de Kohtake, Mutsuo sacó una revista de la mochila.

—¿Y eso?

—¿No la habías visto?

Kohtake negó con la cabeza mientras hojeaba la revista. Mientras ella la sujetaba Mutsuo pasó algunas páginas hasta llegar a un artículo.

—Es este. Léelo.

—«La verdad acerca de la leyenda urbana de una cafetería en la que puedes viajar en el tiempo». ¿Qué es esto? —preguntó Kohtake sorprendida mirando a Nagare.

—Ah, pues un periodista que vino hace bastante tiempo. Vaya, no recuerdo hace cuánto fue. Kazu aún estaba en los primeros años de secundaria, así que debe de haber sido hace unos siete u ocho años.

Kohtake volvió a mirar la revista.

—«La cafetería se llama Funikuri Funikura. Gracias al rumor de que allí puedes viajar al pasado se hizo tan famosa que todos los días se formaban largas filas de clientes en la entrada...». —Kohtake leyó la introducción del artículo en voz alta y luego siguió leyendo en silencio.

—Es una revista vieja, me sorprende que alguien aún la tenga —dijo Nagare mientras llenaba una bolsa de granos de café que había pedido Mutsuo.

—La encontré en una librería de segunda mano. Hasta menciona las reglas —contestó Mutsuo con una sonrisa orgullosa.

En la revista se describían cinco reglas:

1. Las únicas personas con las que podrás reunirte mientras estés en el pasado serán aquellas que también hayan visitado la cafetería.
2. Nada de lo que hagas cambiará el presente.

3. La silla que te lleva de regreso al pasado está ocupada por un fantasma.
4. Mientras estés en el pasado, debes permanecer en esa silla y no puedes levantarte bajo ninguna circunstancia.
5. Existe un límite de tiempo.

Kohtake sostuvo la revista en alto.

—En resumen, dice que no está del todo claro si de verdad se puede viajar en el tiempo en esta cafetería. ¡Deberías demandarlos por difamación! —exclamó enfadada inflando las mejillas.

—La cantidad de clientes nunca ha cambiado mucho —observó Nagare rascándose la cabeza—. Vale, listo, aquí tienes. Una bolsa de granos de café. Son mil doscientos yenes, por favor.

Nagare le dio la bolsa a Mutsuo e hizo repiquetear las teclas de la caja registradora de forma rítmica.

—Ah, sí… —vaciló Mutsuo—. Muchas gracias. —Le devolvió la toalla doblada y pagó.

—En cualquier caso, tu mujer puede viajar en el tiempo, pero no lo recomiendo si ella no quiere… No importa si cree que es cierto o no, pero para poder regresar al pasado deberá cumplir con las reglas. La revista no lo menciona, pero, si viajas al pasado, debes beber toda la taza de café antes de que se enfríe. Si ella regresara en el tiempo y no lo hiciera, se convertiría en un fantasma y terminaría sentándose en esa silla para siempre.

—¿Qu… qué? —Mutsuo miró en dirección a la mujer del vestido blanco.

—Las personas como tu mujer cargan con un arrepentimiento muy profundo. Cuanto mayor sea el afecto que sienten por un ser querido que han perdido, o una mascota, más difícil les resultará volver a despedirse de ellos... Incluso les costará más que la primera vez. Puede que la regla de tomarse el café parezca sencilla, pero es posible que, en medio del torrente de emociones que estará experimentando, tu mujer no se dé cuenta de que el café se está enfriando y luego ya sea demasiado tarde.

Para Mutsuo era difícil digerir lo que decía Nagare: «Cuanto mayor sea el afecto que sienten por un ser querido que han perdido».

«Y sé que, para Sunao, Apolo era como un hijo...», pensó.

—Primero háblalo bien con tu mujer —añadió Kohtake con delicadeza, como si el rostro de Mutsuo reflejara claramente lo que estaba sintiendo.

—Sí, claro. Gracias. Muchas gracias por la charla. —Mutsuo agarró los granos de café, asintió en señal de cortesía y se dio la vuelta para marcharse.

—Antes de que te vayas —le dijo Nagare, llamándolo para que se detuviera—. Creo que fuera sigue lloviendo, así que... —Trajo un paraguas de la habitación trasera y se lo dio a Mutsuo.

—Vaya, gracias.

—De nada.

Tras asentir varias veces en señal de agradecimiento, Mutsuo se marchó.

¡Tolón, tolón!

—¡Qué regla tan cruel! ¿No te parece? —murmuró Kohtake después de que Mutsuo se fuera.

—Ah, ¿sí?

—Si las personas pudieran rehacer las cosas, nadie se lamentaría de nada... Seguro que a su mujer ni se le pasó por la cabeza la posibilidad de que su querido perro partiera de este mundo mientras ella dormía. No imagino lo mal que debe de haberse sentido, sin dejar de preguntarse cómo o por qué se quedó dormida y sabiendo que se había ido para siempre.

Kohtake no les echaba la culpa a las reglas de la cafetería. Simplemente reflexionaba acerca de lo destrozada que debía de haberse sentido la mujer de Mutsuo al no haber podido acompañar a su amado perro en sus últimos momentos por haberse quedado dormida.

—Ojalá se pudiera cambiar el presente... ¿No te parece?

—Sí...

—¿Por qué crees que no puedes levantarte de la silla? Aunque debas permanecer en la cafetería, no estaría mal poder moverse.

—Hace mucho que pienso en eso.

—Ya. ¿Y por qué café? ¿Por qué no puede ser té?

—Hum, no. Realmente creo que lo mejor es que sea café...

—Sí, ya me lo imaginaba —dijo Kohtake soltando una risita—. Bueno, pues me marcho. ¿Por casualidad tienes otro paraguas para prestarme?

—Sí, claro.

Mientras Kohtake se dirigía a la caja registradora para pagar, Nagare fue a la habitación trasera a buscar un paraguas.

Sola en la cafetería, Kohtake depositó las monedas para pagar el café en una bandeja.

—Nada de lo que hagas cambiará el presente... Qué regla tan cruel —murmuró. Cuando Nagare regresó, cogió el paraguas—. Hasta pronto —dijo, y se marchó de la cafetería.

Pocos días después, el monzón de verano llegó a su fin. Según el pronóstico meteorológico, las tormentas señalan el final de la temporada de monzones, pero estas no son un indicador muy claro. Se dice que el monzón termina cuando las nubes que cubren el cielo de Japón durante esta temporada —y los días lluviosos que le siguen— dan paso a días calurosos y soleados. Pero no hay una forma clara de determinarlo y en ocasiones las nubes vuelven sigilosamente y allí se quedan.

El monzón se dio por finalizado varios días después de que Mutsuo fuera a la cafetería. La temperatura se disparó y llegó a pasar los treinta grados centígrados, y entonces empezó a sentirse el verdadero calor veraniego.

Bajo ese cielo despejado, una mujer esperaba de pie, en el exterior de la cafetería, con un paraguas en la mano. Se llamaba Sunao Hikita y era la mujer de Mutsuo.

Sunao llevaba un tiempo allí sin moverse, mirando el cartel ubicado en la entrada de la cafetería. «Conque este es el sitio del que hablaba Mutsuo: la cafetería en la que puedes regresar al pasado».

Solo tenía una entrada: a través de un arco de ladrillo. Una escalera alumbrada por varias lámparas de pared conducía hacia el sótano.

«Sigo sin saber qué hago aquí, pero allá vamos...».

Sunao respiró hondo, decidida, y comenzó a bajar las escaleras despacio. Dentro se sentía un poco más de fresco que en el exterior bajo el sol abrasador, pero, como la brisa había cesado de pronto, la frente se le comenzó a llenar de gotitas de sudor. Al final del segundo tramo de escaleras, se encontró con una gran puerta de madera.

«Bueno, si es verdad, podré volver a ver a Apolo».

Sunao abrió la puerta.

¡Tolón, tolón!

Entró en un pequeño pasillo y sintió un gran contraste respecto al aire caliente y sofocante de la escalera, ya que el interior estaba frío.

«Qu... qué frío».

Como no llevaba más que una blusa de manga corta, le temblaban los brazos, posiblemente debido al sudor. Comenzó a avanzar poco a poco y con paso vacilante. Pronto se dio cuenta de que la verdadera entrada estaba a medio camino por el pasillo. Al otro extremo, había una puerta con un cartel que señalaba los aseos.

Sunao entró en la cafetería. El lugar estaba iluminado por una luz tenue y era más estrecho de lo que había previsto: tenía tres mesas para dos y tres asientos en la barra. Por el tamaño, parecía más un bar acogedor que una cafetería.

De pronto, desde detrás de la barra, una voz suave murmuró:

—Hola, bienvenida. —Era Kazu Tokita.

«¿Qué?».

A Sunao, aquel saludo tan débil le pareció de lo más extraño, ya que ella misma había trabajado como camarera a tiempo parcial en restaurantes mientras estaba en la universidad.

«¿Será que las personas ajenas al lugar no son bienvenidas?».

Pero todas sus dudas se disiparon cuando echó un vistazo alrededor y se dio cuenta de que ni el hombre de mediana edad sentado a la mesa más cercana a ella ni la mujer del vestido blanco ubicada en la silla más lejana se habían percatado siquiera de su presencia.

—¿Te importaría sentarte junto a la barra? —le preguntó Kazu, nuevamente en tono suave.

—Hum, no. De hecho, solo he venido a devolver el paraguas que le prestasteis a mi marido.

«¿Por qué he dicho eso?». Tan pronto como pronunció esas palabras, sintió que no era la respuesta correcta. No mentía cuando explicó que venía a devolver el paraguas, pero tampoco era la única razón por la que estaba allí.

Quería regresar al pasado y ver a Apolo una vez más.

Ese era el verdadero motivo por el que había ido. Sin embargo, en su interior, no creía que fuera posible viajar en el tiempo. La mera idea de que alguien verdaderamente pudiera regresar al pasado le resultaba ridícula. Por lo tanto, le costaba hablar del asunto. Y, perdida en ese pensamiento, soltó aquello sin pensarlo.

—Ah... Vale —contestó Kazu sin dudar de sus palabras. Dejó de hacer lo que estaba haciendo y salió de detrás de la barra—. ¿Has venido solo a eso? Gracias. —Kazu asintió con cortesía, cogió el paraguas y se dirigió a la habitación trasera.

—De nada.

Y con eso dio por terminado el recado, pero no podía moverse de su sitio. La verdadera razón por la que había ido era otra.

«¿Y ahora qué? Ya le he dicho que solo he venido a devolver el paraguas. Tal vez debería marcharme y volver otro día…».

Kazu regresó, se situó nuevamente detrás de la barra y retomó la tarea de envolver tenedores y cucharas en servilletas de papel.

«La camarera finge que no me está viendo, pero estoy segura de que se pregunta por qué sigo aquí… ¿Qué hago? ¿Le digo sin más que quiero regresar en el tiempo? ¿Y si me contesta que no tiene la menor idea de a qué me refiero? Ay, si me responde eso… Me daría demasiada vergüenza volver… Ojalá hubiera leído con más detalle la revista que me pasó Mutsuo… Vine sin comentarle nada. Ay, ¿qué hago?».

El sudor abundante que cubría su cuerpo hacía un momento se había evaporado por completo y sentía más frío que antes. Levantó la mirada y se encontró con los ojos de Kazu, que había dejado de lado las servilletas y la estaba observando.

—¿Puede que hayas venido por algo más? —le preguntó Kazu.

—¿Cómo? —Sunao fingió indiferencia, pero por dentro se sentía aliviada, apreciaba cualquier cosa que le permitiera iniciar una conversación—. Pues, de hecho, si no es mucha molestia, ¿podría pedirte un vaso de agua?

—¿Un vaso de agua?

—Sí, fuera hace calor y tengo mucha sed…

—Sí, claro. —Kazu le sirvió un vaso de agua y lo colocó en la barra—. Aquí tienes.

—Gracias.

Se dirigió con cautela hacia la barra y cogió el vaso. No tenía hielo, pero, aun así, estaba bien fría. A medida que tragaba, percibió el aroma sutil a limón. Resultaba refrescante y agradable de beber.

En realidad no tenía sed, pero a pesar de ello se tomó todo el vaso.

—Gracias. Ya me marcho —dijo de pronto el hombre que estaba sentado en la mesa más cercana a la entrada al ponerse de pie. Se había metido la revista que antes estaba abierta de par en par sobre la mesa debajo del brazo, y así se dirigió hacia la caja registradora y entregó la nota del pedido—. ¿Cuánto es?

—Trescientos ochenta yenes —repuso Kazu agarrando la nota y pulsando con fuerza las teclas de la caja registradora.

—Vale, aquí tiene —dijo el hombre sacando una moneda de quinientos yenes de la cartera que tenía colgada alrededor del cuello.

—Muy bien, quinientos yenes… —Mientras Kazu hacía resonar las teclas, el hombre miraba fijamente a la mujer del vestido blanco—. Y sus ciento veinte yenes de cambio.

El hombre cogió el cambio y lo guardó en la cartera. Luego, se marchó sin decir nada más.

¡Tolón, tolón!

Entonces, quedaron solo Sunao, Kazu y la mujer del vestido blanco. A Kazu, Sunao debía de parecerle una clienta un tanto misteriosa. Aseguraba que solo había ido a devolver el paraguas, pero luego se había quedado simplemente para beber un vaso de agua. Aunque ni siquiera se la podía considerar una clienta, ya que no había pedido nada.

Pero Kazu guardó silencio. De hecho, aunque Sunao permaneciera allí durante horas, probablemente Kazu seguiría haciendo su trabajo, impasible. Sunao fue comprendiendo que Kazu no era de las que curioseaban, sin importar el tema de conversación.

—En realidad, ahora que lo pienso, ¿podrías servirme un zumo de naranja?

—Por supuesto —contestó Kazu, con el semblante inmutable. Esto confirmó la opinión de Sunao: Kazu era lo suficientemente prudente como para no señalar que Sunao había dicho antes que solo había ido a devolver el paraguas.

Rellenó rápidamente la nota del pedido y desapareció en la cocina. Al verla marcharse, Sunao tomó una decisión.

«Voy a decirle la verdad».

Trece años atrás

—He comprado un cachorro —dijo Mutsuo con alegría mientras miraba al cachorro que estaba dentro del transportín. Ni siquiera me lo había consultado.

—No me has preguntado qué me parecía —le contesté enfadada a Mutsuo.

—No, es verdad —respondió él sin sentirse avergonzado.

—No podemos tener un perro en el piso.

—La casa de mi padre está libre. Podemos mudarnos allí.

La casa estaba en un bloque en Jimbocho. Ambos habían vivido allí hasta que Mutsuo y yo nos casamos, pero su padre ya no estaba entre nosotros. Había fallecido de forma inesperada de un ataque al corazón. Los padres de Mutsuo estaban divorciados y su madre los abandonó cuando él era pequeño; no tenía ningún hermano. La hipoteca estaba pagada, así que no había ninguna razón para negarme a vivir allí.

—¿De verdad piensas quedártelo?

—¿Acaso no te gustan los perros?

—No, no es eso —contesté, pero, a decir verdad, no me gustaban. No era un tema con los perros en sí, sino algo que sentía con las mascotas en general. Suelen ser un engorro—. ¿Sabes lo difícil que es cuidar de un perro? Hay que sacarlo a pasear todos los días, darle de comer, procurar que esté sano... Y sabes que no viven mucho tiempo, ¿no?

—Estoy seguro de que nos las apañaremos —dijo Mutsuo sacando al cachorro del transportín. Era un macho, un golden retriever.

Y así fue como Apolo llegó a nuestras vidas. Luego, cuando comencé a cuidar de él, descubrí algo sorprendente. Descubrí que los perros también tienen sentimientos.

No me malinterpretes, no es que creyera que no sienten nada en absoluto, pero, cuando comencé a criarlo, me di cuenta de que sus emociones no eran tan distintas a las nuestras. Además de los sentimientos básicos de felicidad, enfado, tristeza y entusiasmo, también se sentía abatido cuando lo regañábamos y le hacía mucha ilusión que lo felicitáramos.

Cuando más me sorprendió fue un día en que yo estaba llorando mientras veía un drama en la televisión. Apolo se me acercó despacio y me miró con ojos entornados. Sabía, aunque no lo podía creer, que él me estaba diciendo con la mirada: «¿Por qué lloras? ¿Te encuentras bien? Estoy aquí si me necesitas».

No hacía falta que lo verbalizara para que yo supiera lo que me quería decir. Incluso me lamió con cariño la mejilla para limpiarme las lágrimas, como si entendiera lo que significaban. Fue la primera vez que sentí que alguien me comprendía de verdad. Aquella comunicación silenciosa hizo que me diera cuenta de cómo una mirada dice tanto como mil palabras.

Además, Apolo tendía a sentirse solo y no le gustaba cuando nos marchábamos. En sus peores momentos, si yo salía un segundo a sacar la basura él me suplicaba: «¡No me dejes!». El corazón se me derretía al verlo así. Era como un bebé inocente.

Exigía mi presencia, en cuerpo y alma, y, como Mutsuo y yo no teníamos hijos, empecé a quererlo desde lo más profundo de mi corazón. Sentí que Apolo comenzaba a llamarme «mamá». En un momento dado incluso empecé a referirme a mí como «mamá» y a Mutsuo como «papá».

Tras hablarlo con Mutsuo, decidí que cambiaría mi trabajo por otro que me permitiera trabajar desde casa. Gracias al hogar que nos había dejado el padre de Mutsuo, con el salario de él nos alcanzaba para vivir, siempre que fuera de manera modesta, y Mutsuo apoyó mi decisión sin reparos.

Mi nuevo estilo de vida comenzó a girar en torno a Apolo. Y, con el tiempo, Apolo llegó a comprender lo que nos decíamos más allá de las palabras. Por ejemplo, la palabra «no».

Las personas suelen usar esa palabra cuando quieren que los perros dejen de hacer algo. Pero, cuando le decíamos «no», Apolo sabía interpretar si era en serio o en broma. Hasta diría que nos leía la mente y las emociones.

Solíamos ordenarle lo mismo: «¡Apolo, no! ¡Para ya!», y, si iba en serio, en especial cuando estaba de mal humor, él se detenía de inmediato. Pero si se trataba de algo divertido y yo observaba a Apolo mientras me reía de lo que hacía, entonces él lo seguía haciendo sin parar.

—Apolo, ¿quién está equivocado, mamá o papá?

«Papá».

—¿Vamos a bañarte?

«Las burbujas del jabón apestan».

—Déjame que duerma cinco minutos más.

«No. Levántate, anda, llévame a pasear».

—Venga, vamos a salir.

«¡Viva!».

—Buenas noches.

«Vale, buenas noches».

Después de diez años con nosotros, cuando le decía: «Buenas noches», Apolo se acurrucaba y se ponía a dormir de inmediato. La edad comenzó a notársele y se cansaba con facilidad. Diez años para nosotros son como setenta años para un perro. Para entonces, él claramente parecía tratarme como a una hija. De pronto, ya no era yo quien cuidaba de Apolo, él cuidaba de mí.

Me sentía agradecida por tener a Apolo. Creo que tal vez fuera porque, en el tiempo que llevábamos casados, Mutsuo y yo no habíamos logrado tener hijos. Hasta probamos con tratamientos de fertilidad.

En realidad aún no descartábamos la posibilidad de tener un bebé. Nunca perdimos la esperanza. Pero no puedo evitar preguntarme lo doloroso que habría sido si Apolo nunca hubiera aparecido en nuestras vidas.

Tal vez habría surgido cierta tensión entre Mutsuo y yo; él amaba a los niños. Apolo fue esa fuerza que nos mantuvo unidos como matrimonio.

Kazu salió de la cocina y se detuvo frente a Sunao.

—Aquí tienes.

—Hum… —murmuró Sunao mientras Kazu colocaba el zumo de naranja sobre la barra. Si pensaba decir algo, aquella era su oportunidad. Si respondía «Gracias», entonces probablemente la conversación concluiría antes de que pudiera añadir nada más.

—¿Sí? —respondió Kazu con tono suave; el sonido de su voz era muy claro. Las pupilas de Kazu parecían absorber a Sunao, y al fijarse en ellas sintió, por extraño que pareciera, que podía decirle cualquier cosa.

—Pues el asunto es… Mi marido mencionó… que si venía a esta cafetería podría regresar al pasado —dijo Sunao de forma entrecortada y en voz baja, como si se lo estuviera murmurando a sí misma. Kazu la escuchaba sin interrumpirla—. Quiero regresar al pasado. A eso he venido.

Entonces, Sunao le habló de Apolo, de cuánto se arrepentía de haberse quedado dormida en sus últimos instantes de vida. Le contó que su marido le había sugerido que viajara al pasado y le había explicado las reglas.

—Pero estoy indecisa. Mi marido me dijo que podía regresar al pasado, pero que no podría salir de la cafetería. ¿Es así?

—Sí, así es. Para ser exactos, deberás sentarte en la silla que te lleva de regreso al pasado y no podrás levantarte bajo ninguna circunstancia, ni siquiera un poco —respondió Kazu de forma directa.

—Entonces, puedo viajar al pasado, pero no para estar con Apolo en sus últimos momentos.

—Exacto —repuso Kazu, sin intención de suavizar las palabras. Lo explicó sin rodeos.

Cuando Sunao le había hecho la misma pregunta a Mutsuo, él, teniendo en cuenta lo mucho que podría afectarle la respuesta, dijo: «Puede que sea así, pero tal vez haya algo que yo desconozca. Quién sabe, ¿y si existe alguna regla especial?», y terminó enredando las cosas.

No fue su intención ocultarle la verdad. Simplemente fue incapaz de ser sincero y decirle: «No, no se puede», como lo había hecho Kazu. Tenía que pensar en cómo la reacción de Sunao podría afectar su largo matrimonio, al igual que la sugerencia que él mismo le había hecho de que regresara al pasado.

Quizá Mutsuo le había mentido descaradamente cuando mencionó aquella regla especial. Pero no lo había hecho con mala intención, sino que se había dejado llevar por ese deseo tan humano de preservar cualquier atisbo de esperanza que le quedara a Sunao.

Aquella mentira había sido necesaria para no perjudicar su relación. En innumerables ocasiones, Mutsuo había salvado a Sunao gracias a ese tipo de detalles, y ella lo aceptaba porque provenía de Mutsuo. Esto constituía una parte importante de su relación. Pero no tenía esa clase de vínculo con Kazu y no quería que ella se viera obligada a pensar en eso.

Había ido a la cafetería con un objetivo claro: saber la verdad. Si Kazu le hubiera respondido de la misma manera que Mutsuo, se habría sentido aún más confundida.

—Vale. Eso era todo lo que necesitaba saber.

Sunao sacó el móvil del bolso y buscó una fotografía de Apolo. En ella aparecía sonriendo junto a Sunao y Mutsuo, que lo estaban abrazando.

—A lo largo de los años, Apolo vivió dándolo todo por nosotros. Nos regaló tanta felicidad. Así que no deseo viajar al pasado para intentar alargar su vida. Desde que Apolo llegó a casa, supe que su vida sería corta y que, antes o después, llegaría el momento de despedirnos. —Una lágrima recorrió la mejilla de Sunao—. Pero me arrepiento de no haber podido cuidarlo en sus últimos momentos. Nunca pude despedirme...

El hielo del zumo de naranja repiqueteaba en el vaso.

Los péndulos de los tres relojes de pared marcaban el tiempo dentro de la cafetería, donde ni siquiera había música de fondo.

Sunao no lograba articular las siguientes palabras. Sujetó el móvil mientras sollozaba.

Kazu se limitó a mirar fijamente el zumo de naranja.

Plaf.

Sunao oyó el sonido de un libro que se cerraba a sus espaldas. Se dio la vuelta y vio que la mujer del vestido blanco se ponía de pie en silencio.

«Ah, cierto. Había otra clienta en la cafetería».

Sunao se limpió las lágrimas, se inclinó hacia delante y cogió el zumo de naranja.

«Creo que simplemente beberé el zumo y luego me marcharé. De alguna manera ya lo sabía, pero ahora estoy segura de que no puedo regresar al pasado y estar con Apolo antes de que muera. Ya es momento de dejarlo todo atrás».

La mujer del vestido blanco pasó por detrás de Sunao con paso silencioso y se dirigió al baño.

«Es momento de marcharme».

Sunao dejó el zumo sin terminar y se levantó del asiento.

Cuando se puso de pie, Kazu, que estaba recogiendo la taza que la mujer del vestido blanco había usado, le dijo:

—La silla está libre. ¿Vas a sentarte?

—¿Cómo?

Durante un instante, Sunao no supo a qué se refería Kazu. Se detuvo con un solo pie en el suelo, confundida.

—Si quieres viajar al pasado, debes sentarte en esta silla.

—Ah, creo que no lo haré...

—No pasa nada. La decisión es tuya, de nadie más.

Dicho esto, Kazu terminó de limpiar la mesa con un trapo y caminó hacia la cocina.

Evidentemente, Kazu no le había dicho de forma explícita que se sentara en la silla. Simplemente le había preguntado: «¿Vas a sentarte?».

«Ah, cierto…».

Sunao recordó lo que Mutsuo le había dicho acerca de las reglas:

—¿Un fantasma?

—Sí. Según esta revista, hay un fantasma que se sienta en la silla que te lleva al pasado.

—¿Es broma?

—No. Bueno, es lo que dice el artículo. Parece que solo puedes sentarte en esa silla cuando el fantasma se levanta para ir al baño.

—Ah, vale. Pero ¿para qué habría de viajar al pasado? Según lo que dices, si no puedes levantarte de la silla, ¿qué sentido tendría el viaje?

—Podrías ver a Apolo una vez más.

—Puede ser, pero…

—Creo que deberías hacerlo.

—¿Por qué?

—Si no viajas al pasado, es posible que vivas siempre arrepentida. Estoy seguro de que a Apolo no le gustaría eso. Deberías verlo una vez más y decirle todo lo que sientes.

—Pero ¿no lo estaríamos haciendo más por nosotros que por él?

—Creo que a Apolo le gustaría saberlo. Creo que le gustaría que fueras al pasado.

—Eso es lo que tú crees.

—Puede ser, pero aun así…

Sunao se levantó del asiento junto a la barra y caminó hasta detenerse frente a la silla en la que había estado sentada la mujer del vestido blanco.

«No tuve la oportunidad de cuidarlo en sus últimos momentos».

La vida tiene tantas encrucijadas. Todos nuestros arrepentimientos surgen a raíz de algo que nos sucedió y que jamás creímos que sucedería. Cuando somos nosotros mismos los responsables de que ocurra algo inesperado, ¿cómo no vamos a sentirnos profundamente arrepentidos? Al fin y al cabo, ¿de verdad existen las segundas oportunidades?

«Me quedé dormida. Quería estar con él justo al final porque nunca le gustó estar solo; se sentía tan triste cuando nos marchábamos.

»Dejé que Apolo muriera sin nadie a su lado. Me quedé dormida y él debió de sentirse tan solo, tan triste, mientras exhalaba su último suspiro, al saber que yo no había logrado mantenerme despierta.

»Estoy tan arrepentida que no puedo dejar de pensar en eso. Creo que incluso si regresara al pasado sería simplemente para disculparme con Apolo.

»No voy a tener ocasión de pedirle que me perdone. Creo que ni siquiera tengo derecho a despedirme. Pero aun así…».

Sunao sintió que se le caía el alma a los pies y el sollozo se fue intensificando cada vez más. Se oía como las lágrimas salpicaban en el suelo.

«Aun así, quiero ver a Apolo una vez más. Quiero ver su rostro. Sé que es egoísta por mi parte. Lo sé. Pero quiero verlo una vez más».

—¿Vas a sentarte? —le preguntó Kazu a sus espaldas.

—Sí. Quisiera regresar al pasado, a cuando Apolo aún estaba vivo —dijo Sunao volviéndose hacia Kazu con ojos enrojecidos.

—Muy bien.

Una vez más, Kazu no le preguntó a Sunao por qué quería regresar al pasado. Cuando Sunao se sentó en la silla, Kazu salió de la cocina con una bandeja en la mano y en ella había una jarrita de plata y una taza blanca.

—Conoces las reglas, ¿verdad?

—Sí, aunque no estoy muy segura de cuál es el límite de tiempo. ¿Cuánto tengo exactamente?

—Esto es lo que necesitas saber... —Kazu le explicó las reglas mientras colocaba la taza blanca sobre un platillo frente a Sunao.

La taza aún estaba vacía.

—Ahora te serviré el café. Solo estarás en el pasado desde el momento en que te sirva el café hasta que este se enfríe.

—¿Hasta que el café se enfríe?

—Sí.

Sunao reflexionó acerca de esto mientras miraba fijamente la taza vacía. Nunca había medido el tiempo que tarda una taza de café en enfriarse.

«¿Diez minutos? ¿Quince? No, seguramente menos».

El rostro de Sunao reflejó la preocupación que le causaba la ambigüedad de aquella regla, algo que Kazu seguramente percibió.

—También te daré esto... —dijo. Tomó de la bandeja algo parecido a un mezclador y lo colocó en la taza de café.

—¿Qué es esto?

—Al introducirlo en el café, sonará una alarma justo antes de que se enfríe. En cuanto la oigas, deberás beberte toda la taza.

—Entonces ¿simplemente debo beber el café cuando suene la alarma?

—Sí.

—Vale, entendido. —Sunao cerró los ojos durante un instante.

Sentía su respiración cada vez más entrecortada a medida que se le aceleraba el corazón.

—¿Estás lista?

—Hum… Tengo una pregunta más.

—Claro, dime.

—¿Es cierto que nada de lo que haga cambiará el presente?

—Sí. Nada cambiará —respondió Kazu de inmediato.

Era la respuesta que esperaba.

Por ejemplo, aun cuando le pidiera a Mutsuo que se quedara todo el tiempo con ella para evitar que se durmiera, él no sería capaz de cambiar el hecho de que Sunao se quedara dormida.

Ya lo sabía, solo quería confirmarlo.

—Entendido. Sírveme el café, por favor.

—Allá vamos.

Kazu levantó la jarrita de plata y dijo en voz baja:

—Antes de que se enfríe el café.

Con un movimiento eficaz y elegante, inclinó la jarrita hacia la taza y el café comenzó a salir en silencio desde una boca angosta. Tenía el aspecto de una única línea negra. Pronto la taza se llenó de café. Sunao sintió que el cuerpo se le deformaba y que comenzaba a enroscarse como si fuera vapor, pero, por raro que pareciera, no estaba asustada.

«Quiero ver a Apolo».

Ese simple pensamiento le colmaba el corazón. De pronto, se sintió más ligera y percibió cómo el techo absorbía su cuerpo. Las escenas que pasaban junto a ella provenían de arriba y fluían hacia abajo. Parecía como si estuviera viendo la cafetería a través de un vídeo rebobinado.

Mi marido y yo no podemos tener hijos. Llevábamos siete años de casados cuando me enteré en un control médico de que a mi cuerpo le resulta difícil concebir. Apolo había cumplido cinco años en ese momento.

Mutsuo quería tener hijos, pero como contábamos con Apolo, no sentía prisa, así que continuamos buscando con calma. Sucedió justo después de esa época. Apolo estaba lleno de barro tras haber caminado bajo la lluvia, así que le estaba dando un baño.

—Venga, Apolo, al agua. Métete ya. Apolo, mamá te está hablando.

—¿Qué?

—¿Qué pasa? ¿Por qué esa cara de sorpresa?

—¿Has dicho «mamá»?

—Sí. ¿Qué sucede? ¿No te gusta?

—No, no es eso.

—Me alegro. Se me ocurrió decirlo y ver qué pasaba, tenía miedo a cómo reaccionarías.

—¿Has estado pensando en eso todo este tiempo?

—No hace tanto, pero he estado esperando el momento adecuado para decirlo.

—¿Y entonces tú serías «papá»?

—Hum…, sí, creo que sí. —Mutsuo se rascó la cabeza, sonrojado.

—Pues gracias.

—Ajá.

—No, de verdad, gracias.

Después de que me notificaran los resultados de las pruebas del hospital, me había sentido triste.

«Es culpa mía que no hayamos podido tener hijos».

Siempre supe que Mutsuo adoraba los niños. Debió de ser muy fuerte para él enterarse de que tal vez nunca consigamos ser padres.

«Tuvo mala suerte al casarse conmigo…».

Mutsuo me había liberado de ese tipo de pensamientos. En aquel momento, sentí que ambos habíamos formado una verdadera familia con Apolo. Sin embargo, dejé que Apolo muriera solo.

Lo siento, Apolo. Imagino que no podrás perdonar a mamá, y con razón.

¡Guau!

Me desperté con gran nostalgia al oír el ladrido de Apolo.

Cuando abrí los ojos, vi que la persona que estaba detrás de la barra ya no era la camarera que me había servido el café, sino un hombre gigantesco que tenía puesto un uniforme de cocinero y que estaba allí de pie como si fuera la estatua de un demonio vigilando la entrada de un templo. Había oído a Apolo, pero no lo veía por ningún lado.

¡Guau, guau, guau!

—Apolo, no. Shhh.

Oía a Apolo y Mutsuo fuera. El hombre vestido de cocinero salió de detrás de la barra y, después de asentir con cortesía en mi dirección, caminó con fuertes pisadas hacia la entrada.

—Apolo. Chico malo. Tranquilízate. Silencio.

—Ah, no pasa nada.

—Lo siento mucho.

¡Guau, guau!

—Qué extraño, no suele ladrar así.

¡Guau!

Mutsuo y Apolo aún no aparecían. Tan solo por el ladrido de Apolo, sabía que había viajado aproximadamente un año al pasado. Fue cuando se le habían debilitado las articulaciones, pero todavía podía dar paseos. Mutsuo me había contado que a veces iba a esa cafetería a comprar granos de café mientras paseaba a Apolo.

—Apolo… —Pensé que soltaría un gran grito, pero mi tono fue suave y débil, como si hablara conmigo misma.

¡Guau!

Aun así, Apolo ladró desde el otro lado de la pared, como respondiendo a mi llamada.

—¡Apolo! —grité, esta vez bien fuerte. Su ladrido me había levantado el ánimo.

—¿Quién es? ¿Es mamá? —oí que decía Mutsuo.

¡Guau, guau, guau!

Mutsuo apareció en la entrada, arrastrado por Apolo, que no paraba de ladrar.

—¡Apolo, espera! ¡No! —Mutsuo retuvo a Apolo para que no se

llevara todo por delante. Apolo tenía doce años, ya no brincaba ni saltaba cuando estaba entusiasmado, pero sí agitaba la cola con energía mientras arrastraba consigo a Mutsuo.

—Ah, no te preocupes. Esa mujer de allí es nuestra única clienta ahora mismo —dijo el hombre con uniforme de cocinero desde detrás de Mutsuo y me dedicó una mirada inquisitiva.

«Has venido del futuro a encontrarte con alguien, ¿cierto?».

Asentí ligeramente.

Mutsuo inclinó la cabeza mientras Apolo tiraba de él. Caminaron hasta quedar justo enfrente de mí.

¡Guau!

Una vez que Apolo estuvo a mi lado se sentó, y, mientras jadeaba con la lengua fuera, acercó la cabeza hacia mí. Hacía eso cuando quería que le dieran palmaditas.

Con mano temblorosa, le acaricié la cabeza con cuidado. Sentí su calidez en la mano.

No era el cuerpo frío de Apolo de cuando murió. Estaba vivo. Nunca imaginé que podría volver a sentir su calor. Él parecía satisfecho con mi caricia y se recostó a mis pies.

Tenía aspecto de estar bastante cansado por haber arrastrado a Mutsuo por la cafetería. Mientras estaba centrada en Apolo, Mutsuo se sentó en la silla opuesta de la mesa.

—¿Qué sucede? ¿Qué haces aquí? —Mutsuo me miraba fijamente.

—Debes de estar sorprendido.

—Pues claro que sí. Creí que no habías venido con nosotros porque ibas a visitar a tus padres.

—Ah, esa otra yo.

—¿Qué?

—Eh…, nada. ¿Qué decías?

—No te sigo. No importa. Hum…, ¿me tienes esto un momento?

Mutsuo me dio la correa de Apolo, se levantó de la silla y se dirigió hacia el hombre vestido de cocinero. Después de intercambiar miradas, Mutsuo bajó la cabeza como si se estuviera reprendiendo a sí mismo.

—Cuéntame —dijo Mutsuo, que había regresado a su silla y miraba a Apolo.

—¿A qué te refieres?

—¿A qué has venido?

—¿Qué?

—Venga ya. Sé que has viajado desde el futuro.

Mutsuo me estaba robando tiempo con Apolo, así que, a pesar de que la pregunta era importante, me parecía que la conversación no tenía sentido.

—Hum…, sí.

Mutsuo era así. Fingía no saber algo cuando en realidad sí lo sabía y evitaba hablar del asunto.

Incluso cuando me enteré de que yo era el motivo por el cual no podíamos tener hijos, él relajó la tensión del momento diciendo: «Vale, no pasa nada». Como si yo le hubiera dicho: «Lo siento, hoy solo hay curri para cenar».

El día en que me dijo «mamá» por primera vez es otro ejemplo de esto. Aunque le había dado muchas, pero que muchas vueltas al tema, cuando lo dijo permaneció completamente imperturbable.

Y aquel momento no era ninguna excepción: pretendía estar confundido, lo que hacía que la conversación fluyera mejor. Cuanto más pienso en eso, más ejemplos me vienen a la mente de cómo siempre me ha ayudado de esa manera.

Y volvía a hacerlo en ese instante. No estaba segura de querer hablar acerca de mi viaje desde el futuro. Y tal vez él ya imaginaba por qué había venido. Por lo tanto, fue suficiente con que dijera: «Apolo...». Solo eso fue necesario. Mutsuo lo entendió todo.

—Ah, entiendo —dijo con tristeza mirando a Apolo.

Esos días, era un tema tabú hablar de la edad de Apolo, mencionar cuánto tiempo le podía quedar de vida.

Con solo pensarlo comenzábamos a llorar.

—¿Sufrió?

Tan pronto como me lo preguntó, el corazón se me encogió tanto que creí que me estallaría. Al fin y al cabo, cómo podía yo, que me había quedado dormida, responder a eso. No fui capaz de contener las lágrimas. Estaba arrepentida y avergonzada, llena de remordimiento. Sentía que también había defraudado a Mutsuo.

Pero no podía mentirle. Al menos con él debía ser sincera. Aunque aún no lo sabía, con el tiempo se enteraría.

—Pues, el asunto es que... no pude acompañarlo en sus últimos momentos.

Sin importar lo que suceda, independientemente de lo arrepentida que me sienta, ese pasado no se puede cambiar.

—Mutsuo, tú tenías que trabajar, así que no estabas allí ese día. Solo yo. Le estaba dando agua con una jeringa mientras yo comía un poco.

Me temblaba la voz. Era la primera vez que hablaba con detalle acerca de lo que había sucedido ese día. Al Mutsuo del futuro simplemente le había dicho: «Murió porque me quedé dormida».

Mutsuo me dijo de todo para consolarme, pero casi no lo recordaba.

—Había preparado un lugar bien espacioso para dormir, así podía estar siempre al lado de Apolo.

—Sí.

—Ambos nos organizamos para asegurarnos de que siempre uno de los dos estuviera despierto.

—Vale.

Mutsuo estaba sentado escuchando en silencio e iba respondiendo según correspondía.

—Pero, a pesar de todo, ese día, después de que Apolo tomara agua de buena gana por primera vez en mucho tiempo, abrió los ojos y me sonrió, también por primera vez en lo que para mí había sido una eternidad. Me recosté junto a él para darle un abrazo y estaba feliz al sentir el cuerpo cálido de Apolo y su respiración.

—Continúa.

—Está vivo, está bien. Mientras pensaba eso, allí recostada, tuve la intención de levantarme, pero me dejé llevar por el sueño. Pasaron dos horas antes de que me diera cuenta, allí acostada a su lado…

Cerré los ojos con fuerza de manera involuntaria.

No podía articular las palabras.

Las lágrimas me recorrían las mejillas y resbalaban desde mi mandíbula.

—Lo siento, Mutsuo. No tienes la culpa de nada y me he estado desquitando contigo.

—Ja, ja, ja. ¿En el futuro, quieres decir?

—Pues sí, supongo.

—Al parecer tú has sufrido bastante.

—Sí.

—Pero tienes que soltarlo. No has hecho nada malo, Sunao. Apolo fue feliz, sin lugar a dudas. Piénsalo un momento. Lo estabas abrazando justo al final, ¿no es así? ¿Apolo?

¡Guau!

—¿Ves? Apolo está de acuerdo conmigo.

Yo no paraba de llorar. Las palabras de Mutsuo habían vuelto a salvarme. Apolo frotó la cabeza contra mí, algo que solía hacer cuando quería que lo felicitara o cuando estaba feliz. Lo abracé con fuerza.

Lo besé y le di palmaditas por todos lados, alargué el brazo todo lo que pude para no levantarme de la silla. Y entonces la oí.

Pi-pi-pi-pi-pi-pi-pi-pi...

Sonó una alarma.

Lo había olvidado por completo. Tenía que beber el café antes de que se enfriara. Hasta Mutsuo, que no sabía nada de la alarma, entendió cuál era la función de aquel objeto.

—¿Se acabó el tiempo?

—Sí.

—Bebe el café, entonces.

—Vale.

Con Mutsuo diciéndome lo que tenía que hacer, bebí todo el café. El pasado seguía igual, yo me había quedado dormida. Aun así, estaba feliz de haber regresado. Me encontré con Mutsuo en el pasado y pude ver a Apolo una vez más.

Con ese pensamiento en mente, comencé a sentir que mi cuerpo se ondulaba, como sucedió cuando emprendí el viaje al pasado. Mis manos seguían acariciando a Apolo.

—¿Sabes una cosa? —dijo de pronto Mutsuo extendiendo la mano para tocar la mía, que estaba en la cabeza de Apolo.

—¿El qué?

—Apolo siempre espera a que te duermas para poder dormirse.

—¿Qué?

Durante un momento, no entendí lo que decía Mutsuo.

—Un momento, ¿a qué te refieres?

—¿Cómo ibas a saberlo? Si siempre estabas dormida.

—Yo siempre esperaba a que Apolo se durmiera primero.

Y luego me dormía yo. Cuando le decía «Buenas noches», Apolo se metía de inmediato en su cama y comenzaba a respirar como si estuviera durmiendo.

Una vez que comprobaba que Apolo estaba dormido, me iba a la cama. Hacía lo mismo todos los días.

—Te equivocas.

—¿Que me equivoco?

—Cuando ya estás en la cama, Apolo siempre se despierta y comprueba que estás dormida, y luego se va a dormir él.

—¿En serio?

—Una vez que estás dormida, Apolo se duerme.

—Es broma, ¿no?

—A veces te has quedado despierta toda la noche llorando sola, ¿a que sí?

—Hum...

Recordé el día en que cumplí treinta y tres años. La segunda fertilización *in vitro* había fallado y había decidido dejar el tratamiento. Al fin y al cabo, teníamos a Apolo. Sin embargo, al pensar en eso, hubo noches en las que, por algún motivo, me quedaba despierta, sola y triste.

Aquellas noches Apolo permanecía a mi lado.

—Tal vez, después de lo que pasó esas noches, Apolo finge dormirse y luego espera a que tú te duermas. Y, cuando se asegura de que estás dormida, te lame los ojos y regresa a su cama.

—No hablarás en serio.

—Así que no creo que sea cierto que lo dejaste solo en su lecho de muerte.

—Un segundo...

—Apolo simplemente estaba esperando a que te durmieras.

—Yo...

—Es probable que Apolo comprobara que estuvieras bien dormida y luego, aliviado, él también se durmió.

No recuerdo mucho lo que pasó después. Comencé a llorar a mares, abracé a Apolo con todas mis fuerzas y le dije «Gracias» sin cesar hasta quedarme sin voz. Lo que sí recuerdo vagamente es a Apolo lamiéndome las mejillas con cariño mientras ladraba.

¡Guau, guau!

—¡Fuera de aquí!

Cuando volvió en sí, Mutsuo y Apolo habían desaparecido y la mujer del vestido blanco y rostro espeluznante estaba de pie frente a ella.

—Ah, lo siento.

Sunao se levantó deprisa y le hizo señas a la mujer para que se sentara. Caminó despacio y con torpeza, posiblemente debido a que tenía los ojos humedecidos por las lágrimas.

—¿Y? ¿Cómo te fue?

Aquella pregunta inesperada llegó desde atrás. Era Kazu. Sunao miró a su alrededor, aún no podía creer que había regresado al presente.

«¿Apolo?».

Kazu se llevó la taza que había usado Sunao y desapareció en la cocina. La mujer del vestido blanco leía su libro en silencio como si nada hubiera pasado.

En ese momento, lo único que Sunao veía eran los tres grandes relojes de péndulo que marcaban horas diferentes, el ventilador de madera que estaba en el techo y la mujer del vestido blanco. En aquel lugar sin ventanas, era imposible seguir el rastro del tiempo.

«Madre mía, ¿acaso fue un sueño?».

No había por ningún lado rastro de Apolo, que hacía un instante había estado a su lado.

Pero sin duda Apolo había estado allí. Seguía sintiendo su calidez en la mano y en las mejillas, aunque supiera que había muerto.

Pronto Kazu regresó con un café para la mujer del vestido blanco.

—¿Qué acaba de pasar?

—¿Perdona?

—El presente no cambia, ¿cierto?

—Cierto.

—¿Y el pasado tampoco?

—Tampoco.

—Entonces ¿por qué me siento como alguien completamente diferente ahora que he regresado? —le preguntó Sunao a Kazu con ojos suplicantes.

Sin embargo, el semblante de Kazu permaneció inmutable y respondió:

—Pues no lo sé.

—Bueno, da igual.

Sunao, aún repleta de emociones, pagó la cuenta y se marchó de la cafetería. El sol ya se estaba poniendo y la ciudad estaba teñida de un color anaranjado. Las sombras se alargaban en el suelo.

De camino a casa, estaba inmersa en mis pensamientos.

«¿Qué acaba de pasarme?».

Antes, el arrepentimiento me había absorbido por completo. Estaba consumida por él, y no había manera de quitármelo de encima, nada podía salvarme. Sin embargo, en este momento me inunda un sentimiento bastante extraño. Si tuviera que ponerle un nombre, diría que es…

«Gratitud».

Es la mejor palabra para describirlo. Ahora todo lo que quiero es llegar a casa y contárselo a Mutsuo.

Estoy segura de que se echará a reír y me replicará: «¿Me estás contando lo que yo te dije en el pasado?».

Dejaré que se ría. Y también quiero contarle todo a Apolo. Últimamente lo único que he hecho ha sido disculparme con él, pero estoy segura de que Apolo nunca habría querido eso.

No habría querido que llorara, así que viviré sintiéndome bien conmigo misma. Es lo que quiero decirles a esos dos cuando llegue a casa:

Gracias…

3

La propuesta

Sin duda alguna, la propuesta era inminente.

Hikari Ishimori tuvo ese presentimiento en cuanto él le pidió que se reunieran en aquella cafetería.

«Imagino que no pretende pedirme matrimonio en este lugar, ¿o sí?».

Aquello le parecía un garito de mala muerte e Hikari comenzó a desconfiar del criterio de su novio. Solo había unas pocas lámparas colgando del techo y la tenue iluminación de aquel sitio ubicado en un segundo sótano sin ventanas no resultaba nada agradable.

«¿Qué?».

Los tres grandes relojes de pared que iban del suelo al techo captaron su atención; cada uno mostraba una hora diferente. Tras revisar su propio reloj, descubrió que únicamente el del medio marcaba la hora correcta.

«Jamás volveré a este sitio».

Eso fue lo primero que pensó Hikari al visitar la cafetería.

«No podría haber elegido un peor momento y lugar para pedirme matrimonio».

Hikari soltó un fuerte suspiro en su interior.

Había conocido a Yoji Sakita en un evento de resolución de acertijos. Era una especie de sala de escape en la que debían resolver un cierto número de enigmas dentro de un límite de tiempo para lograr salir. Tenían que formar grupos de seis personas, por lo que Hikari y dos amigas hicieron equipo con tres chicos, entre los que estaba Yoji.

A Yoji le gustaban los juegos de acertijos y más adelante Hikari se enteró de que él solía ir a ese tipo de eventos los fines de semana, incluso solo.

«Un friki con gafas», esa fue la primera impresión que tuvo de Yoji. Daba por sentado que en primaria lo habían considerado un friki. Con esta imagen en la mente, Hikari contenía el impulso de reírse cada vez que Yoji hacía su gesto característico de enderezarse las gafas.

A partir de aquel evento los seis se hicieron amigos y comenzaron a verse con frecuencia.

Seis meses más tarde, Hikari aún creía que la dinámica del grupo seguía siendo la misma, pero, muy a su pesar, descubrió que ya se habían formado dos parejas.

Y entonces quedaron dos: Hikari y Yoji. Incitados por los demás, ellos también comenzaron a salir. El día en que Yoji le pidió matrimonio en aquella cafetería coincidió con la tercera Nochebuena desde que se habían conocido.

—Quisiera esperar un poco más antes de hablar de matrimonio —dijo Hikari tan pronto como Yoji sacó la cajita con el anillo. Llevaban un año de relación formal y en algunos momentos percibía indicios de que Yoji ya estaba dándole vueltas al asunto y de que aquel día llegaría—. No me malinterpretes. No es que no quiera casarme.

Lo que en realidad estaba pensando era: «No estoy segura de que seas el indicado».

Pero tenía miedo de expresar lo que sentía y herir sus sentimientos. Era el novio perfecto. El entusiasmo que Hikari sentía por los acertijos —aquello que los había unido— probablemente ya superaba al de Yoji. Además, él trabajaba como funcionario, lo que significaba unos ingresos garantizados.

Aun así, la mera idea de casarse le generaba una gran aprensión. Pero no era el futuro en sí lo que la inquietaba.

«¿Y si conozco a alguien más adecuado que Yoji?».

Aquella expectativa persistente e incierta no le permitía tener la certeza de que no se arrepentiría de casarse con él. Aún tenía veintiocho años. Si rechazaba esa propuesta, seguro que habría más.

Tenía amigas que se habían casado a los veinticuatro o veinticinco, pero que ya se iban divorciando una tras otra.

Tal vez en realidad dudara del concepto de matrimonio en sí. Por lo menos estaba a gusto viviendo sola y tampoco se moría de ganas por casarse.

«¿Qué tiene de malo nuestra relación actual?».

También sabía que, siempre que Yoji había sacado el tema, el corazón se le había enfriado ligeramente. No era que Yoji no le gustara. Tenía más que ver con el momento en que se lo estaba pidiendo. Simplemente no se sentía preparada.

Ahora mismo…

—Mi trabajo por fin se está poniendo interesante…

No estaba mintiendo. Hikari había cambiado de trabajo hacía un año para comenzar a dedicarse a la organización de bodas. Antes trabajaba para una gran empresa, pero lo dejó porque su supervisor era una persona muy tóxica. Ahora los horarios eran más variables, pocas veces conseguía tener un fin de semana libre y tampoco ganaba tanto como antes. Pero tenía una buena jefa y lo que hacía le generaba una gran satisfacción.

A pesar de que era parte de su trabajo, muchas veces se le llenaban los ojos de lágrimas al ver a la pareja feliz que tenía enfrente. Y era justamente por eso por lo que pensaba de aquella manera.

«No estoy segura de que vaya a ser feliz al casarme con Yoji».

No era capaz de dar el paso y no sabía cómo expresar lo que sentía. Si bien era consciente de lo inflexible y pesada que debía de resultar, no quería vivir el arrepentimiento exasperante que podría llegar a causarle el matrimonio.

—Lo siento, sé que estoy siendo muy egoísta.

Hikari no dijo nada más y bajó la mirada. El café ya estaba completamente frío; sin embargo, la taza estaba igual de llena que cuando se la sirvieron.

—Ah..., sí, entiendo. Puede que me haya precipitado.

Levantó la mirada y contempló la sonrisa irónica que se había dibujado en el rostro de Yoji tras su respuesta y sintió una fuerte punzada en el corazón. Su egoísmo estaba causando dolor. Pero no podía mentirse a sí misma.

De haberlo hecho, de haberse casado, probablemente no habría hecho feliz a Yoji.

—Te esperaré. Seguiré aquí hasta que cambies de parecer —dijo Yoji y se bebió el café frío de un solo trago.

—Eso fue el año pasado —dijo Hikari para dar por finalizado el relato sobre el día en que se había encontrado con Yoji en la cafetería.

Había intentado contarlo de la forma más sincera posible según lo que recordaba y les relató cómo se había sentido en aquel momento.

Los oyentes del relato eran Nagare Tokita, el dueño de la cafetería, Kazu Tokita, la camarera, y Fumiko Kiyokawa, una clienta habitual que estaba sentada junto a la barra.

También había una mujer que leía un libro en silencio en la silla más alejada. Llevaba un vestido blanco de manga corta y no parecía tener frío, a pesar de que estaban en diciembre. Al parecer, la historia de Hikari no había llamado su atención, ya que no levantó la mirada del libro en ningún momento.

—¿Qué? ¿Y por qué lo dejasteis? —preguntó Fumiko, que, al contrario de la mujer del vestido blanco, había prestado atención a cada detalle.

—Él me dejó. Hace seis meses.

—¿Te dejó después de decirte que te esperaría?

—Sí.

—¿Cuál fue el motivo?

—Me dijo que le gustaba otra chica…

—Pero ¡¿qué dices?! —Fumiko se inclinó hacia atrás con una mirada de desprecio—. Olvídate de él. ¿Qué clase de hombre no puede esperar seis meses? Déjalo estar y sigue adelante con tu vida. Al parecer acertaste al no casarte con él. Si hizo eso, entonces no hace falta que viajes al pasado.

—¿Cómo?

A Hikari aquello la tomó por sorpresa. Acababa de conocer a Fumiko —solo porque por casualidad las dos estaban en aquella cafetería—, y ella ya se había lanzado a sacar su propia conclusión prejuiciosa.

«¿Nadie va a ayudarme?». Hikari lanzó una mirada suplicante a Nagare y Kazu, que estaban detrás de la barra, pero Nagare se limitó a cruzarse de brazos y a soltar un «Hum» mientras fruncía el ceño de forma pensativa.

Kazu tenía una expresión tan indiferente mientras limpiaba los vasos que costaba descifrar si en realidad había oído algo de lo que había dicho Hikari.

«Pero ¿de dónde ha salido esta gente?».

En realidad, no creía que fuera posible viajar en el tiempo. Se trataba más bien de un intento desesperado por agarrarse a un clavo ardiendo, el deseo de poder regresar al pasado. Sin lugar a dudas, ni Nagare ni Kazu le habían dicho: «Si no tienes un buen motivo, no podremos dejarte viajar al pasado».

Fue Fumiko quien le preguntó qué había sucedido. Hikari no tenía ni idea de por qué Fumiko se había entrometido con esa pregunta, ya que se acababan de conocer. Pensó que tal vez hablaba en nombre de los otros dos. Ese malentendido le había hecho cometer el error de creer que debía especificar una razón para que le permitieran viajar al pasado.

Entonces comprendió que no debía estar molesta con ninguno de los dos por no decirle nada. Sin embargo, se sentía avergonzada.

Era la única culpable de haber contado la historia, haberse enfadado después y haber acabado sintiendo lástima de sí misma.

«No tengo ni idea de por qué narices he venido».

Justo en el momento en que Hikari comenzaba a arrepentirse de haber visitado la cafetería…

—Puedes regresar al pasado —dijo una voz tan suave como la que alguien utilizaría para hablar consigo mismo. Hikari levantó la mirada y vio que se trataba de Kazu, que estaba de pie detrás de la barra. Había dejado de limpiar los vasos y la estaba mirando.

—¿De verdad?

—Sí.

Hikari se dio cuenta de que exceptuando el saludo de Kazu —«Hola, bienvenida»— y el «Hum» de Nagare, la única que había hablado era Fumiko.

Se inclinó hacia Kazu, casi arrojándose sobre ella. Al fin podían ir al grano.

—Entonces os pido que me dejéis hacerlo. Quiero regresar a ese día, hace un año. ¡Por favor!

—¿A pesar de que será en vano? —preguntó Fumiko volviendo a meterse en la conversación.

Pero esta vez Hikari no estaba de humor para que la hicieran cambiar de opinión.

—Pero ¿cómo puedes decir eso? Sin duda, no hay forma de saberlo hasta que regrese al pasado y lo haga todo de nuevo.

Fumiko puso los ojos como platos ante la impetuosa reacción de Hikari.

—Lo siento, no me expresé bien —respondió de inmediato con mirada de sincero arrepentimiento.

Al ver su reacción, Hikari se lamentó de haberse dejado llevar, pero Fumiko no se retractó de lo que había dicho.

—Imagino que no lo sabes... Puedes regresar al pasado, sí, pero, aunque lo hagas, no podrás cambiar el presente por mucho que lo intentes.

—¿Cómo?

La explicación de Fumiko no era la respuesta que había estado esperando Hikari, pues ella quería regresar al pasado para cambiar el presente. Si no podía cambiarlo, ¿qué sentido tendría viajar en el tiempo?

—Lo siento, no entiendo lo que dices.

—Aunque regreses al pasado y aceptes la propuesta de matrimonio, o incluso si tú le pides matrimonio a él, el presente en que él se enamora de otra chica y te deja no cambiará.

—Pero ¿por qué no puede cambiar? —preguntó Hikari, su voz cada vez más alterada.

—Porque así lo dispone la regla —contestó Kazu sin rodeos.

—¿La regla?

—Así es. Puedes regresar al pasado, pero debes cumplir con ciertas reglas.

Kazu hablaba en voz baja, pero su explicación no daba lugar a muchas interpretaciones. A juzgar por la mirada fija y distante de Kazu, Hikari se percató de que, por mucho que insistiera, sería como luchar contra una pared.

Tenía el presentimiento de que cualquier esfuerzo desesperado sería en vano. Aun así, no estaba del todo convencida e insistió un poco más.

—¿Y si le prometo que me casaré con él?

—Bueno, puedes prometérselo.

—¿Y entonces?

—Pero no podrás casarte.

Hikari sintió un breve atisbo de felicidad que la llenó aún más de determinación.

—Reservaremos un salón, ¿qué podría pasar?

—Incluso si reservaras el lugar, la ceremonia se cancelaría ese mismo día por alguna razón. Si intentaras asentar tu matrimonio en el registro civil, no habría manera de que lo lograras.

La mente de Hikari estaba hecha un lío.

«Si el pasado cambia, el presente también».

Creía que era una verdad universal, pero le acababan de echar por tierra esa idea.

—Es broma, ¿verdad?

«Por favor, dime que es una broma».

—Hablamos muy en serio.

—¿Por qué iba a existir una regla así?

—Ni siquiera nosotros lo sabemos. Pero la regla es categórica. Debido a que existe esta regla, no podrás casarte con él bajo ninguna circunstancia. Y él te dirá que ha conocido a otra persona, tal y como sucedió. Durante ese tiempo, vuestra relación no progresará ni se deteriorará; aunque intentaras dejarlo antes de que él te deje a ti, no podrías hacerlo.

—¿Hablas en serio?

Hikari se desplomó en una silla de la mesa del medio.

«No tenía ni idea de que existía una regla tan engorrosa».

Se había enterado de que en aquella cafetería se podía viajar en el tiempo gracias a un correo imprevisto que recibió de Yoji unos meses después de que la dejara.

¿Recuerdas aquella cafetería en la que te pedí matrimonio?
Se dice que allí puedes regresar en el tiempo.

El correo no incluía ningún saludo. Hikari se estremeció al leer el texto de solo dos líneas. «Qué bicho raro». Había sido él quien la había dejado y ahora por algún motivo que no podía entender le enviaba un correo electrónico encriptado. Aquello no era normal.

Hikari simplemente lo ignoró y no le contestó. Unos días más tarde se enteró de la muerte de Yoji. Aquella misteriosa sucesión de eventos la dejó aterrada. Aún recordaba esa extraña inquietud. Era como uno de esos momentos reveladores que experimentaba cuando intentaba resolver un acertijo: aquel sentimiento que la invadía al lograr hilvanar muchas pistas inconexas entre sí para alcanzar una única respuesta.

Propuesta de matrimonio.

Traición.

Y cómo olvidar… su último correo.

Aviso de muerte repentino.

Confió en la intuición que sintió ante estas pistas y visitó la cafetería. Había decidido que si podía regresar en el tiempo entonces seguramente podría cambiar el presente. Pero acababan de truncar sus esperanzas.

—Parece que te ha afectado bastante enterarte de que no puedes cambiar el presente —señaló Fumiko al contemplar a Hikari, que observaba el techo desanimada.

—Suele suceder —dijo Nagare.

—Sí, es verdad. —Fumiko lo sabía por propia experiencia: ella misma había viajado al pasado para encontrarse con su novio, quien se había marchado a Estados Unidos. En aquel momento, Fumiko tampoco conocía las reglas de la cafetería.

Había cinco reglas básicas:

1. Cuando viajes al pasado, las únicas personas con las que podrás reunirte serán aquellas que también hayan visitado la cafetería.
2. Nada de lo que hagas en el pasado cambiará el presente.
3. La silla que te permite viajar en el tiempo está ocupada por un cliente.
4. No puedes levantarte de la silla.
5. Existe un límite de tiempo.

Cuando se enteró de que no se podía cambiar el presente, Fumiko reaccionó de la misma manera que Hikari. Sin embargo, decidió viajar en el tiempo a pesar de todo, por lo menos para reclamarle un par de cosas a su novio, que se había escabullido a Estados Unidos. Al final, no pudo evitar que se marchara, pero regresó al presente sabiendo lo que él verdaderamente sentía.

—Por cierto, ¿qué tal le va a tu novio en Estados Unidos? —le preguntó Nagare a Fumiko, que estaba sentada junto a la barra.

Se hizo una breve pausa y Fumiko, en lugar de responder, apuró hasta la última gota de su taza de café, que ya estaba prácticamente vacía.

—Hum, seguro que bien —respondió con indiferencia.

—¿No habéis hablado?

Fumiko recorrió con el dedo índice el borde de la taza que estaba apoyada sobre la barra. Por la forma en la que se comportaba, parecía obvio incluso para Hikari, que era una simple espectadora, que ella y su novio no se hablaban.

—Debe de estar todo bien, de lo contrario ya te habrías enterado. —Nagare recogió la taza de Fumiko en silencio y se la llevó a la cocina para rellenarla.

—Sí, supongo.

Al irse Nagare, Fumiko murmuró para sí misma: «No me cae bien esta chica».

Hikari se dio cuenta de que, por alguna razón, Fumiko le parecía una persona irritante.

Sin embargo, esta sensación no se debía al hecho de que Fumiko —que ni siquiera trabajaba en la cafetería y a quien no conocía—, con su actitud de sabérselas todas, le hubiera dicho que el presente no cambiaría incluso si regresaba al pasado. Más bien, Hikari pudo percibir, por lo poco que había oído, que si Fumiko no sabía nada de su novio se debía únicamente a que era demasiado tozuda como para ponerse en contacto con él.

«De pronto ha dejado de hablar tanto ahora que la conversación gira en torno a su novio».

A veces, aunque una persona no exprese mucho, puedes saber lo que está sintiendo tan solo por sus gestos y la expresión de su rostro. Saltaba a la vista que Fumiko intentaba ocultar lo que verdaderamente sentía porque tenía la mirada gacha y se mordía el labio.

Sin lugar a dudas estaba frustrada por no haber recibido noticias de su novio, pero no era capaz de decírselo a él.

«¿Quién se cree que es?».

Era una joven delgada y guapa. Sus hermosas facciones marcadas dejaban entrever un fuerte espíritu competitivo y un gran sentido del orgullo. Para Hikari, era evidente que aquella mujer no se pondría en contacto con su chico si él no lo hacía primero.

«Qué tonta».

Con un simple mensaje lo habría resuelto todo. Tenía una pareja con la que se podría comunicar muy fácilmente y decidía ser tozuda sin motivo alguno. Hikari se dio cuenta de que estaba celosa de Fumiko. La irritación que le causaba se debía a los celos.

«Es hermosa y tiene novio. Tiene todo lo que yo no tengo».

Cualquier hombre se sentiría complacido por despertar el interés de Fumiko. Hikari envidiaba lo guapa que era. Si Fumiko se separaba de su novio, pronto estaría saliendo con otro chico. Los hombres jamás la dejarían en paz. Pocas mujeres pueden darse el lujo de enfadarse por el hecho de que alguien no se ponga en contacto con ellas.

«Qué injusta es la vida. Yo no he tenido esa suerte. Sin embargo, a pesar de eso, dilaté la respuesta a la proposición de Yoji. Como éramos los únicos del grupo que no teníamos pareja, seguí la corriente y me dejé llevar. Pero cometí el error de pensar que Yoji no me quería por mi apariencia, sino por lo que soy por dentro. Me equivoqué. Olvidé que los hombres, al final, siempre se dejan llevar por lo que ven».

—Te esperaré.

Hikari había creído en la promesa de Yoji. O más bien, le creyó hasta que él le dijo que había conocido a otra chica, y ella se quedó con la sensación de que se la habían jugado.

«No, seguro que fue culpa mía por haberlo hecho esperar. Aunque, aun así, no puedo evitar sentir que si yo fuera más guapa…».

Tenía un aspecto de lo más normal, sin ningún rasgo que destacara: párpados gruesos, nariz pequeña y labios finos. Muy diferente a la belleza elegante de Fumiko.

«Si tuviera los ojos de Fumiko, o simplemente una nariz como la suya, o labios como los suyos, tal vez Yoji nunca se habría interesado en otra chica».

Todos los rasgos que Hikari anhelaba tener estaban perfectamente delineados en el rostro de Fumiko. De ahí la irritación que sentía.

«Estos celos desagradables».

Sabía lo que era. Y no había nada comparable. Sin embargo, cada vez que el rostro de Yoji diciéndole que había conocido a otra persona se le cruzaba por la mente, le resultaba imposible tolerarlo.

«¿Qué habría pasado si hubiera aceptado la propuesta ese día? De una cosa estoy segura: no tendría estos celos repulsivos».

Pero ya era demasiado tarde. Nunca más volvería a ver a Yoji.

—De hecho…

Hikari había levantado la mirada y se estaba dirigiendo a Fumiko, a quien Nagare había entregado una segunda taza de café. Fumiko estaba concentrada en el café y le llevó un momento darse cuenta de que Hikari le estaba hablando.

—Perdona, ¿me decías algo?

Fumiko colocó la taza sobre el platillo y se giró para mirar a Hikari de frente.

—Mi novio…

—¿Sí?

—Murió, después de que termináramos…

—¿Cómo?

Los ojos de Fumiko se abrieron de par en par ante aquella revelación tan repentina. Ella y Nagare se miraron; él estaba de pie detrás de la barra.

—Padecía una enfermedad cardiaca preexistente. Yo sabía que en ocasiones tenía que ir al hospital por eso.

Con la mirada perdida en el tarro de azúcar que estaba sobre la mesa, Hikari prosiguió su historia como si estuviera hablando sola.

—Cuando lo dejamos, nunca imaginé que él moriría. Recuerdo que me enfadé al pensar que Yoji había desistido al ver que yo no le daba una respuesta.

«Pero…».

Por un momento, vaciló en su interior.

«¿Y si él sabía que su enfermedad era terminal y se inventó una mentira sobre haber conocido a alguien para poder cortar conmigo?».

De pronto, Hikari soltó un resoplido ante la idea.

«Jamás haría algo así…».

Aquella idea encajaba demasiado bien. Sintió vergüenza incluso de pensarlo.

«Pero ¿y si fue eso lo que pasó en realidad?».

Entonces todo el embrollo de emociones que había sentido en los últimos seis meses desde que habían cortado habría sido infundado.

«¿Cómo se supone que he de reaccionar ante algo así?».

Al darse cuenta de que Nagare y Fumiko la observaban, Hikari meneó ligeramente la cabeza.

«Ahora ya no hay nada que pueda hacer. Nada cambiará. Y, si el presente es inmutable, no tendría ningún sentido viajar al pasado».

Hikari no se animó a verbalizar lo que le estaba inquietando.

—Creí que, si viajaba al pasado, al menos podría ayudarlo diciéndole que tratara su enfermedad antes de que fuera demasiado tarde… Creí que tal vez si lo ayudaba seguiríamos juntos —dijo con voz débil.

Aceptaba el hecho de que era imposible deshacer algo que ya había sucedido. Si no lo fuera, la cafetería sería mucho más famosa de lo que era. Sin duda estaría llena de clientes que la visitarían con la esperanza de reparar errores pasados. Pero, al contemplar aquel sitio sin ventanas y con una tenue iluminación, notó que los únicos clientes eran una mujer de vestido blanco y Fumiko.

Una taza de café costaba tan solo trescientos ochenta yenes.

Lo más caro del menú era un plato de pasta con pollo, crema y shiso, que costaba novecientos ochenta yenes.

Era evidente, incluso para Hikari, que no tenía ni idea de cómo administrar una cafetería, que, para ese número de clientes, aquel menú y aquellos precios eran inviables.

Si fuera posible regresar en el tiempo y cambiar el presente, los clientes acudirían a ese sitio incluso si el café costase diez mil yenes, o diez veces más.

Por lo tanto, no había ninguna duda.

«Si no puedes cambiar el presente, el café no tiene ningún valor».

Ese era el pensamiento de Hikari en aquel momento.

Si pudiera viajar al pasado y salvar a Yoji, si pudiera aceptar su propuesta y vivir felices para siempre, pagaría con gusto un millón de yenes. No, pagaría incluso diez millones de yenes si fuera el caso. Si con diez millones de yenes lograra salvarle la vida a alguien, entonces hasta lo consideraría una ganga.

Y, sin embargo, la cafetería le parecía de lo más sosa ahora que sabía que no había manera de cambiar el presente. Al final lo entendió. Por lo general, ninguna persona desearía viajar al pasado en esas condiciones.

—En cualquier caso, creo que esto ha sido una pérdida de tiempo. Ya me marcho. ¿Cuánto es?

Hikari se puso de pie y cogió el abrigo que colgaba del respaldo de la silla. Se volvió hacia la caja registradora, donde Kazu ya la estaba esperando.

Una vez que Hikari le entregó la nota del pedido a Kazu, esta respondió:

—Son trescientos ochenta yenes.

Qué chica tan indescifrable. Desde el momento en que Hikari había entrado en la cafetería, le había dado la impresión de que, curiosamente, Kazu carecía de presencia como camarera. Apenas hablaba, por lo que no era del todo idónea para el trabajo que realizaba. Incluso cuando Hikari contó su historia, fueron Fumiko y Nagare quienes respondieron en los momentos oportunos, pero Kazu se limitó a limpiar los vasos en silencio. Su actitud fría y reservada era inquebrantable.

Aunque Fumiko le había suscitado envidia por su apariencia, le había dado una buena impresión porque la había escuchado mientras contaba la historia. En cuanto a Nagare, simplemente se había limitado a mascullar mientras permanecía de pie con los brazos cruzados, pero Hikari sabía que le estaba prestando atención.

Exceptuando a la otra clienta, la mujer del vestido blanco, Kazu era la única que se había mostrado distante.

—¿Estás segura de que quieres marcharte así? —le preguntó la misma Kazu a Hikari, que estaba de pie frente a la caja registradora lista para pagar. Hikari no entendió de inmediato a qué se refería. Pensó que tal vez se había olvidado algo. Cogió el bolso e incluso revisó el lugar donde había estado sentada, pero no vio nada.

Sin embargo…

«No me dejo nada…, pero siento que tengo algo pendiente».

Hikari sentía que algo le seguía inquietando en su interior, pero la idea de que fuera Kazu quien se lo estaba señalando le parecía imposible. En especial teniendo en cuenta que Hikari estaba tratando de hacer caso omiso a sus sentimientos.

—Sí —contestó de manera intuitiva mientras recibía el cambio de manos de Kazu.

«¿Realmente está bien que me marche así?».

El intento por responder aquella pregunta hizo que Hikari se sintiera perdida. Kazu no le estaba diciendo que se quedara. Simplemente le había preguntado: «¿Estás segura de que quieres marcharte así?». Sin embargo, gracias a esa pregunta la inquietud que la perturbaba se intensificó. Antes de que Yoji muriera, la última vez que lo vio fue el día en que él la dejó porque había conocido a otra chica. Pero ¿le había dicho la verdad? No cuadraba, ya que poco antes le había prometido que la esperaría.

«¿Y si me mintió para poder dejarlo conmigo?».

De ser verdad, las cosas cambiaban radicalmente. Significaría que Yoji le había provocado a propósito aquellos sentimientos —aquella ira— que habían absorbido a Hikari cuando se separaron.

«¿Yoji lo planeó todo a conciencia para que yo lo odiara?».

«¿Por qué?».

«Bueno, puede que sepa por qué».

«Él no quería que yo sufriera».

«Un momento».

«Son todo especulaciones. Estoy siendo demasiado idealista. Aun así… ¿y si Yoji de verdad me mintió para evitar que sufriera?».

La simple pregunta de Kazu había dado rienda suelta a un caudal de emociones que probablemente Hikari había mantenido a raya para no pensar en ellas ni percatarse de su existencia. Pero teniendo en cuenta la forma de ser de Yoji, todo comenzaba a cobrar sentido.

No era la clase de hombre cuyos sentimientos podían cambiar tan fácilmente después de haber prometido que la esperaría. Él no le habría gustado tanto de ser así.

«¿Qué hago?».

Hikari no se marchó tras pagar y Fumiko la miró de forma extraña y con ojos entornados. En lugar de apartarse de la caja registradora, Kazu permaneció allí y desvió la mirada. Si se hubiera tratado de una camarera común y corriente, después de recibir el pago habría inclinado la cabeza y habría dicho: «Gracias por su visita». Sin embargo, no lo hizo.

Por el contrario, Kazu parecía estar esperando algo. Mientras Hikari observaba el comportamiento de Kazu, de pronto le vino algo a la mente.

—Hum... Quisiera corroborar una cosa.

—Sí, claro. Dime —contestó Kazu como si hubiera estado esperando aquella pregunta.

—Por mucho que lo intente... y diga lo que diga, será imposible que cambie el presente, ¿no?

—Así es.

—¿Incluso si le digo que morirá?

—Sí.

—Pero ¿no tendría eso algún efecto en su vida?

—Incluso si le dices que morirá, nada cambiará para él, ya que esto estará protegido por la regla que dispone que el presente permanecerá inmutable.

—Pero él lo sabrá, ¿qué pasa con eso? ¿Qué pasa con sus recuerdos?

—Permanecerán intactos.

—¿Completamente intactos?

—Pues, según su personalidad, puede que te crea o no.

—Entonces ¿depende de él tomárselo en serio o no?

—Así es.

—Entiendo.

Era tal como había imaginado, lo cual significaba que ella en el presente sabía que Yoji la dejaría por otra mujer, pero el Yoji del pasado no lo sabría. Además, viajara o no en el tiempo, él aún la dejaría. Pero, incluso si el presente permanecía intacto, ¿cuánto cambiarían estos escenarios desde el punto de vista de Yoji?

«¿Y si Yoji, sabiendo que moriría, me mintió para ayudarme?».

Hikari se preguntó si tal vez la manera en la que Yoji había afrontado su muerte inminente habría sido muy diferente si ella hubiese aceptado su propuesta aquel mismo día. Si bien el presente permanecería inmutable, no podía evitar sentir que tal vez la experiencia de Yoji cambiaría, aunque fuera solo un poco.

Por lo menos los meses que transcurrirían hasta el día de su muerte serían diferentes. Incluso si él al final conocía a otra chica, eso no supondría un problema, pero, si aquello era mentira, entonces mucho mejor.

«Aunque esto no tenga ningún sentido para mí, puede que lo tenga para Yoji».

Hikari levantó la mirada hacia Kazu, que la seguía observando fijamente.

—Ahora que lo pienso, creo que sí viajaré. No me gusta la forma en la que se dio todo, así que por lo menos quiero intentar que las cosas cambien un poco.

—Muy bien —se limitó a contestar Kazu. Dio media vuelta sobre sus talones y se fue a la cocina.

Le pareció un tanto decepcionante que no le hubiera preguntado por qué había cambiado de opinión después de haber estado tan decidida a marcharse. De hecho, era un sentimiento extraño y molesto, como si Kazu fuera capaz de leerle la mente.

—¿Por qué has cambiado de idea así de pronto? —le preguntó Fumiko cuando Hikari regresó a la mesa. Sí era de esperar que Fumiko se lo preguntara, a juzgar por lo poco que la conocía. Sin embargo, esta vez no se sintió obligada a contarle toda la verdad.

—No quiero arrepentirme de nada —se limitó a contestar.

—Sí, tiene sentido —repuso Fumiko, y, absorta en sus pensamientos, no dijo nada más y se marchó enseguida de la cafetería aduciendo que se le había olvidado que tenía que hacer una cosa.

Se oyó el ¡tolón, tolón! del cencerro de la puerta.

Tal vez se había ido a comunicarse con su novio que estaba en Estados Unidos, o quizá fuera por otro motivo.

Cuando Hikari le dijo que no quería arrepentirse de nada, también quiso insinuarle a Fumiko que probablemente se arrepintiera de ser tan obstinada. Tal vez captó el mensaje. Cada persona tiene el poder de decidir cómo interpretar las palabras de los demás y qué hacer con ellas.

Hacía unos instantes, Hikari había tomado esa decisión. Había estado a punto de marcharse de la cafetería cuando el comentario simple y casual de Kazu hizo que cambiara de parecer respecto a viajar al pasado. Ahora creía que su viaje posiblemente tendría algún sentido, aunque el presente no cambiara.

«Lo haré por Yoji».

Sintió que se le estrujaba el corazón con solo recordar vagamente lo que sentía al salir con Yoji. Hasta ese momento, había evitado incluso reconocer aquellos sentimientos.

«Han pasado tantas cosas; esta es la primera vez que afronto mis sentimientos a conciencia... Y, ahora que lo estoy haciendo..., puede que realmente lo amara».

Y... «Tengo que asegurarme de algo». Hikari ya no albergaba dudas:

debía viajar al pasado. Volvió a colocar el abrigo en la silla y se sentó. Pasados unos instantes, Kazu regresó de la cocina.

Después de servirle otra taza de café, Kazu le habló acerca de las demás reglas, aparte de la que disponía que el presente no cambiaría. Hikari se enteró de que solo podría encontrarse con personas que hubieran visitado la cafetería, que debía sentarse en una silla en particular para poder regresar al pasado y que debía permanecer en esa silla y no levantarse bajo ninguna circunstancia.

A Hikari aquellas reglas le parecieron engorrosas, pero ninguna representaba un verdadero problema. Sin embargo, una le resultó particularmente sorprendente.

—¿Un fantasma?

Kazu acababa de explicarle que la mujer del vestido blanco sentada en la silla más alejada era en realidad un fantasma.

Al principio, pensó que debía de ser una broma, pero luego Kazu le dijo:

—Sí, para poder viajar al pasado debes esperar a que se levante para ir al baño.

Al ver que Kazu decía aquello sin inmutarse, Hikari no supo qué responder. Kazu no parecía ser de las que gastaban bromas.

Estaban hablando sobre viajar en el tiempo, así que ya nada podía extrañarle, ni siquiera que también hubiera un fantasma. Por lo tanto, decidió aceptar que estos existían. Pero…

—¿Al baño? ¿Va al baño aunque sea un fantasma?

Sin importar lo mucho que reflexionara sobre aquello, no le entraba en la cabeza que un fantasma fuera al baño. Miró fijamente el rostro sincero de Kazu mientras seguía esperando a que ella dijera: «Es broma». En lugar de eso, la camarera prosiguió con su explicación, impasible:

—Sí, va al baño solo una vez al día, todos los días. Ese es el momento en que tendrás la oportunidad de sentarte en la silla.

Kazu permaneció impertérrita ante las reacciones de sorpresa, duda o conmoción de Hikari. Le explicó que nadie sabía cuándo iría al baño la mujer del vestido blanco y que podría permanecer en la cafetería hasta después de la hora de cierre si quería esperar a que la silla se desocupara. Hikari volvió a observar los relojes de pared. Cada uno seguía marcando una hora diferente, solo la del reloj del medio era la correcta.

Mientras lo contemplaba se hicieron las cinco de la tarde y la campanada sonó cinco veces.

—Esperaré —dijo Hikari, y cogió la nueva taza que Kazu le había servido. Para Hikari, que solía beber café instantáneo o su propia infusión de café de filtro, era difícil relacionar aquel sabor con lo que ella conocía como café. Estaba bastante segura de que debía de ser el mismo que había tomado cuando fue a la cafetería con Yoji, pero ya no recordaba el sabor.

«Tenía la mente en otro lado».

Hikari levantó la mirada y observó a la mujer del vestido blanco, que estaba justo enfrente de ella leyendo un libro en silencio. La idea de que un fantasma fuera al baño le resultaba de lo más extraña. Aunque no era menos extraño el hecho de que estuviese leyendo un libro. Hikari se preguntó qué clase de lectura tenía entre manos.

Por la manera en que pasaba las páginas, parecía que efectivamente lo estaba leyendo. De ser así, ¿también comprendía entonces lo que leía? ¿Había libros que a los fantasmas les interesaban y otros que no? Aquella mujer le despertaba cada vez más curiosidad.

—¿Qué lees? —le preguntó como sin darle importancia a la mujer del vestido blanco. No esperaba una respuesta y no la obtuvo.

—A Kaname le gustan las novelas —contestó Nagare en su lugar. A Hikari le pareció raro que se refiriera al fantasma por su nombre, pero lo que despertó su interés fue lo que a la mujer le gustaba leer.

—¿Cómo lo sabes?

—Cuando estaba viva... Eh..., hum...

—¿Cómo?

Nagare se calló de pronto, tragó saliva y murmuró algo, arrepentido. Por la forma en que había reaccionado al ver a Kazu, parecía ser un tema incómodo de mencionar con ella presente. Pero Hikari estaba segura de que lo había oído decir «Cuando estaba viva».

También se percató de que había llamado al fantasma «Kaname». Esa mujer debía de haber tenido algún tipo de vínculo con la cafetería. A juzgar por la reacción de Nagare, parecía ser un asunto delicado. Pero, cuanto mayor es el secreto, mayor es la curiosidad.

Justo cuando Hikari estaba por preguntar quién era Kaname...

Plaf.

El sonido de un libro que se cerraba. La mujer del vestido blanco se puso de pie despacio y en silencio. A Hikari se le tensaron los hombros de forma instintiva y se preparó.

«¡Se ha puesto de pie! ¡El fantasma tiene piernas!».

La mujer del vestido blanco comenzó a andar con paso silencioso, llegó cerca de Hikari, que estaba petrificada, caminó hacia la entrada y giró a la derecha, en dirección al baño.

—La silla está vacía.

—¿Eh?

Se había distraído viendo a la mujer dirigirse al baño, y no se había dado cuenta hasta ahora de que Kazu estaba de pie frente a ella.

—¿Vas a sentarte en la silla?

—Sí, ¡claro! —contestó Hikari en voz alta.

—Muy bien, pero antes hay otra regla importante que debo explicarte.

—¿Otra regla importante?

—Sí.

Hikari sentía curiosidad por saber quién era la mujer del vestido blanco. Pero lo principal en ese momento era viajar al pasado para encontrarse con Yoji. Tras una breve pausa le preguntó:

—¿Cuál es esa regla?

—Una vez que te sientes en la silla, te serviré una taza de café.

—¿Otra? Pero si acabas de servirme una.

Hikari señaló la taza que tenía enfrente.

—Esa no vale, te serviré una nueva.

—Ah…, de acuerdo.

Hikari ya se había tomado una taza de café en el rato que llevaba allí. Acababa de darle el primer sorbo a la segunda y solo iba a terminársela porque no quería derrocharla.

«Un tercer café…».

No odiaba el café, pero la idea de tener que tomarse una tercera taza no le apetecía mucho.

Sin saber ya cómo reaccionar, Hikari soltó un leve suspiro.

—Vale, continúa —dijo incitando a Kazu a que le siguiera explicando la regla.

—El tiempo del que dispondrás en el pasado será limitado, desde el momento en que te sirva el café hasta que este se enfríe. Lo más importante es que deberás tomarte toda la taza de café antes de que se enfríe.

—¿Antes de que se enfríe?

Hikari tocó la taza que tenía delante. Puede que hubieran transcurrido unos cinco o seis minutos desde que se lo habían servido, pero seguía caliente. Tal vez faltaban varios minutos para que se enfriara, por lo cual entendió que en el pasado probablemente dispondría de unos quince o veinte minutos. Le pareció que sería tiempo suficiente para aceptar la propuesta de Yoji y regresar.

—Muy bien, entendido —contestó.

No parecía ser una regla tan importante. El hecho de que no pudieras cambiar el presente seguía siendo el asunto más significativo.

—Entonces ¿debo tomarme todo el café antes de que se enfríe?

Para Hikari cumplir con esa regla no suponía un problema. Aquella petición le resultaba sorprendentemente sencilla. Cogió la segunda taza de café y le dio dos sorbos para comprobar su temperatura. Aún no estaba tibio, pero ya no estaba demasiado caliente y se podía beber de un solo trago. Le acababan de decir que debía tomarse todo el café antes de que se enfriara, pero se preguntó qué motivo podría llevar a alguien a no hacerlo.

—¿Y qué sucede si no lo hago? —Sentía curiosidad, así que preguntó.

La respuesta de Kazu no fue inmediata.

—Si no te bebes todo el café... —Hizo una pausa incómoda.

—¿Sí?

«¿Qué sucede en ese caso?».

Hikari levantó las cejas con desesperación mientras aguardaba la respuesta.

—Serás tú la que se convierta en fantasma y deberás sentarte día y noche en esa silla.

—¿Qué?

Hikari miró en dirección a la entrada, hacia el lugar por donde había desaparecido la mujer del vestido blanco para ir al baño y luego, poco a poco, volvió a mirar a Kazu, cuya mirada inexpresiva apuntaba a la silla donde la mujer del vestido blanco —o, mejor dicho, el fantasma— había estado sentada.

«Un momento, ¿estaré poniendo en riesgo mi vida?».

No se había dado cuenta del gran peligro que suponían estas reglas para viajar al pasado. De pronto, cayó en la cuenta de algo importantísimo que había que aclarar.

«¿Antes de que se enfríe el café? ¿Eso no es demasiado ambiguo?».

Hikari volvió a tocar la taza de café que tenía enfrente para revisar la temperatura.

«Espera, ¿qué?».

Hacía tan solo unos minutos sentía su calidez, pero ahora sin lugar a dudas estaba fría.

«¡Increíble! ¿En qué momento ha ocurrido?».

¿A qué se refería con «frío»? De pronto, Hikari no tenía ni idea. Si la taza estaba fría, entonces ¿era el fin? En verano, un café frío seguiría estando tibio.

Justo en el momento en que Hikari comenzaba a sentirse cada vez más confundida, Kazu le preguntó:

—¿Qué quieres hacer?

Su pregunta simple y despreocupada tenía un sentido claro: ahora que sabes que existe el riesgo de que te conviertas en fantasma, ¿sigues queriendo regresar al pasado?

Además, le estaba dando la última oportunidad de desistir. «Si quieres dar marcha atrás, este es el momento».

Al oírla, Hikari volvió a reflexionar sobre sus sentimientos. Había decidido regresar al pasado por dos motivos.

Por un lado, quería saber si Yoji realmente le había dicho la verdad al afirmar que había conocido a otra persona.

Aunque, al mismo tiempo, incluso si fuera verdad, para el Yoji del pasado eso aún no habría sucedido, por lo que era irrelevante.

Por ello tenía pensado aceptar la propuesta. Quería hacerlo por Yoji.

«Quiero decirle lo que verdaderamente siento».

También lo hacía por ella. Pero hacerlo y correr el riesgo de convertirse en un fantasma era demasiado. Solo tenía que beberse toda la taza de café «antes de que se enfriara», pero le asustaba lo ambigua que era esta regla. Cabía la posibilidad de que estuviera tan metida en la conversación que no se diera cuenta del momento en el que el café pasara de estar «casi frío» a «frío». El límite entre una cosa y otra podía ser de tan solo un grado, o una décima de grado. Cuanto más pensaba en ello, más difícil le resultaba responder a su pregunta.

«Pero, si no lo veo ahora, puede que luego me arrepienta aún más».

Hikari se tomó de un trago la segunda taza de café que tenía enfrente. Ya estaba frío. Miró fijamente la taza vacía. Había dado por sentado que aún estaría tibio, pero al beberlo se percató de que el café estaba completamente frío. No había podido determinar la temperatura.

Y así, desconcertada por lo que acababa de suceder, se dio cuenta de que el tiempo que transcurría hasta que el café se enfriaba parecía ser más impreciso y corto de lo que había imaginado. En ese momento entendió que no podía confiar en su propia percepción del tiempo. Tal vez el tiempo en sí no era algo absoluto, sino relativo.

Por lo tanto, llegó a una conclusión. «Simplemente debo sostener la taza con las manos y beber todo el café de un solo trago apenas sienta que está tibio».

Hikari colocó la taza sobre el platillo.

—Creo... —dijo mientras se levantaba despacio—, creo que quiero verlo una vez más y decirle lo que siento de verdad, cara a cara.

En cuanto lo dijo se sintió más decidida.

«No quiero volver a arrepentirme».

Pensó que necesitaría una lista de razones para justificar el viaje en el tiempo, pero en realidad solo necesitaba una.

«Quiero ver a Yoji sin importar el riesgo que esto implique».

Era lo único que necesitaba.

—Vale —dijo Kazu, y se dio la vuelta para dirigirse a la cocina.

—Puedo sentarme, ¿no? —le preguntó Hikari a Nagare, quien había estado observando todo en silencio desde la barra.

—Sí, claro —contestó él con un gesto cortés de la mano. Hikari se mordió el labio y se quedó de pie frente a la silla que la llevaría de regreso al pasado. Sintió cómo se le aceleraba el corazón. Por supuesto que el simple hecho de sentarse allí no la enviaría de sopetón al pasado, pero aun así no sabía qué pasaría a continuación. Se deslizó con cuidado entre la silla y la mesa, y se sentó poco a poco.

—...

No pasó nada. Era como sentarse en un asiento común y corriente. La única diferencia que notó fue que la silla en sí parecía estar más fría. De hecho, no solo la silla. Una vez que dejó atrás el temor inicial, comenzó a sentir un aire helado que envolvía su entorno inmediato.

«Aquí estaba sentada la mujer fantasma».

Apenas pensó en eso un escalofrío le bajó por la espalda.

«Quién sabe, tal vez yo termine sentándome en esta silla para siempre».

Cuando esta imagen le cruzó la mente, Hikari cerró los ojos y sacudió la cabeza para hacer que desapareciera. Kazu regresó de la cocina.

Llevaba en la mano una bandeja con una jarrita de plata y una taza de un blanco inmaculado. Se quedó de pie junto a Hikari, quien estaba en la silla que conducía de regreso al pasado, y recogió la taza que había usado la mujer del vestido blanco para, en su lugar, colocar la taza blanca inmaculada frente a Hikari.

—Si estás lista, te serviré el café.

—Sí, estoy lista.

—El tiempo del que dispondrás mientras estés en el pasado comenzará en el momento en que te sirva el café y finalizará cuando este se enfríe.

—Vale.

Al oír aquello hacía unos instantes, Hikari había dado por sentado que tendría entre quince y veinte minutos antes de que el café se enfriara, pero, al enterarse del riesgo que corría si no se lo tomaba a tiempo, comenzó a mirar todo desde otra perspectiva. Sentía la presión de esperar, como mucho, diez minutos para beberse el café; no, lo haría tan pronto le fuera posible. Mientras pensaba en esto observó que Kazu le estaba entregando algo. Parecía un mezclador. Tenía unos diez centímetros de largo.

«¿Qué es eso?», le preguntó Hikari a Kazu con la mirada.

—Si colocas esto en la taza, así, sonará una alarma justo antes de que se enfríe el café —le contestó Kazu al introducir el mezclador dentro de la taza.

—¿Con esto podré saber el momento en que esté a punto de enfriarse?

—Sí.

«Pues podrías haberme dicho que existía algo tan oportuno un poquito antes. ¡Devuélveme ahora mismo el tiempo que me he pasado preocupada por esto!». Hikari se tragó el impulso de verbalizar estas palabras.

—Entiendo —se limitó a contestar.

Pero Hikari sabía que, aunque hubiera expresado aquella frustración que sentía, la expresión de la camarera habría permanecido inmutable; no lo había hecho con mala intención. A decir verdad, Hikari se sentía mucho mejor.

Su mayor preocupación había sido saber cuánto tiempo tardaría el café en enfriarse y ahora se daba cuenta de que solo necesitaba bebérselo cuando sonara la alarma.

—¿Lista?

Hikari inspiró hondo en señal de respuesta.

—Muy bien. Estoy lista. Cuando quieras —contestó.

En cuanto oyó la respuesta de Hikari, Kazu asintió y cogió la jarrita de plata. En ese mismo momento el ambiente se tensó. Hikari de pronto se percató de que le temblaban los puños.

«Tengo miedo».

Debería haber estado completamente preparada, pero lo que temía no era convertirse en un fantasma, sino encontrarse con una persona que estaba muerta. Le costaba imaginar lo que sentiría al observar a alguien que había fallecido. Cerró los ojos con fuerza y se mordió el labio. Kazu, que la contemplaba, elevó lentamente la jarrita y dijo:

—Antes de que se enfríe el café.

Poco a poco, vertió el contenido de la jarrita en la taza. Hikari abrió ligeramente los ojos para observar lo que Kazu estaba haciendo. A medida que la taza se iba llenando de café, una única voluta de vapor comenzó a emerger de ella de manera inesperada.

La voluta fue elevándose hacia el techo sin desaparecer. Hikari creyó que simplemente estaba observando cómo la voluta se alzaba en el aire, pero algo no encajaba.

«¿Qué?».

De pronto se dio cuenta de que todo lo que había a su alrededor comenzaba a brillar y deformarse. Se quedó sin aliento al percibir, abrumada, que su propio cuerpo ya no era el suyo. El techo parecía estar demasiado cerca. Fue en ese momento cuando Hikari se percató de que no solo estaba contemplando cómo se elevaba la voluta de vapor, sino que ambas flotaban juntas como si fueran una sola.

«Pero ¡cómo es posible!».

Y no se refería solamente al hecho de que estaba cada vez más cerca del techo. El entorno que la rodeaba había comenzado a fluir hacia abajo. Fue observando sucesos pasados de la cafetería que aparecían desde arriba y desaparecían por debajo, proyectándose como en un calidoscopio.

«¡Estoy viajando al pasado!».

Hikari volvió a cerrar los ojos. A decir verdad, todo aquello le generaba confusión, incluso miedo.

Pero era su oportunidad de ver a Yoji una vez más. Con solo pensar en eso comenzó a sentirse ansiosa e impaciente, como si le faltara el aire.

«Estoy nerviosa».

Recordaba esa sensación. Era el nerviosismo que había sentido antes de comenzar a salir con Yoji.

Cuando estaba en primaria, los chicos de mi clase se burlaron de mí el día que decidí cortarme el pelo muy corto.

Me dolió tanto que no volví a cortarme el pelo así durante mucho tiempo. No diría que fue una experiencia traumática, pero sí lo suficientemente mala como para evitar ese corte de pelo.

Sin embargo, un día, aquello cambió.

¡De verdad lo hice! ¡Me lo corté!

Me sacaba la lengua a mí misma en el espejo. Todo había sido a causa de una de esas secciones en las que predicen el futuro que había visto aquella mañana en un programa de televisión. Para tener suerte en el amor la pista clave había sido «corte de pelo». Este comentario sobre cómo un cambio de imagen podía mejorar tu vida amorosa me había instado a hacerlo.

El asunto era que estaba interesada en uno de los chicos del grupo de acertijos con el que mis amigas y yo nos reuníamos. Se llamaba Ryo Ninomiya. Era alto y delgado, de tipo atlético. Oí que solía jugar al voleibol en secundaria. Como quería llamar su atención de alguna manera, decidí arriesgarme y cortarme el pelo.

Pero cuando los seis nos reunimos por primera vez después de mucho tiempo, lo único que Ryo dijo fue:

—Ah, ¿llevas el pelo corto?

«Oh…».

Sentí que revivía el trauma de mi infancia. Esta vez nadie se estaba burlando de mí. Puede que él no quisiera que su comentario sonara negativo. Lo sé, lo sé.

Solo que, como había estado esperando un «Qué bonito» o «Te sienta bien», tan solo con oír su reacción me arrepentí de habérmelo cortado.

«¿Por qué lo he hecho?».

Me esforcé por sonreír y que no se notara lo que sentía por dentro. Pero no pude disfrutar del resto del día. Cuanto más reía, menos me divertía. En un momento dado me vi a mí misma jugueteando con los mechones de mi pelo, ahora mucho más cortos.

—El pelo corto también te sienta bien.

Quien habló fue Yoji. Nunca lo olvidaré. Sucedió ese mismo día de camino a casa. Sus palabras fueron como una caricia suave a mi frágil corazón, llenas de bondad e interés por mí. Al reírme tan fuerte en realidad lo que hice fue enviar una señal de auxilio. Y entrada la tarde, cuando creí que nadie acudiría a mi rescate, llegué a pensar: «Esto no me divierte. Ya no quiero seguir juntándome con esta gente».

Ahora que lo pienso, hasta ese momento había sido algo frecuente en mi vida sentir que dejaba de encajar en los grupos. Y es por eso por lo que, ese día, las palabras de Yoji me salvaron.

Un año después mi cabello volvió a su largo habitual. No sé exactamente en qué momento, pero llegó un punto en que se habían formado dos parejas en el grupo. Un día, cuando terminó el juego de acertijos, los demás se fueron por su cuenta y de pronto Yoji y yo nos quedamos solos.

Por lo general, a esa hora, Yoji era el primero en caminar hacia su parada y yo solía caminar sola hasta la otra, que quedaba a poca distancia. Sin embargo, ese día Yoji dijo: «Ahora mismo, no tengo nada que hacer», y me acompañó hasta mi parada. Estábamos en Navidad y era uno de esos años inusuales en los que nevaba. La nieve crujía bajo las pisadas de Yoji. Caminé junto a él por el suelo nevado e intenté seguirlo de cerca, aunque no tanto. El suelo estaba bastante cubierto, por lo que, si no tenía cuidado, terminaría apoyándome sobre él, y esa idea no me desagradó. Lo único que contemplaba eran mis propios pies, que caminaban con dificultad sobre la nieve.

—El largo también te sienta bien —dijo Yoji de pronto, sin previo aviso.

—¿Cómo?

Me di la vuelta y vi que Yoji se encogía de hombros mientras mantenía la mirada puesta al frente y soltaba vapor por la boca al exhalar.

—Me refiero a tu pelo.

—Ah… Sí.

Sujeté un mechón de pelo largo entre las manos.

—Entonces ¿te da igual? —dije de una forma claramente provocadora. Y cuando digo «provocadora» me refiero a que, en cierta manera, estaba buscando una respuesta.

—Pues sí. Ambos te quedan bien.

—¿Cualquiera?

—Me gustan los dos.

—Ya.

—Sí.

—Gracias.

Y esa era justamente la respuesta que estaba buscando. Nos reímos en voz baja a medida que pisoteábamos el suelo nevado. Estaba feliz. Se había acordado de aquel día, hacía un año. El día en que me sentí dolida y el me rescató.

Yoji debía de haber estado esperando a que… me creciera el pelo. Le gustaba estar atento a esa clase de detalles.

Luego me enteré de que quería invitarme a salir, pero eso ya lo sabía. «Y por eso me arrepiento».

Hasta me pidió matrimonio en esta cafetería. Lanzó la pregunta para que yo aceptara. Pero yo había dado por sentado que acabaríamos juntos, me comporté como una niña consentida. Nunca imaginé que nuestra relación terminaría. Pero sucedió. Si esta era una segunda oportunidad, entonces quería decirle a Yoji todo lo que él significaba para mí. Aunque no pudiera cambiar el presente.

Hikari no estaba segura de cuánto había estado observando el tiempo fluir a su alrededor. Sentía que había sido mucho, aunque a la vez poco. Pensó que, si era cierto que al morir veías la vida pasar ante tus ojos, probablemente se pareciera mucho a aquel calidoscopio que había presenciado.

«Ah…».

De pronto vio a Yoji.

Estaba sentado frente a ella, pero en la mesa de al lado, lo cual generaba una distancia rara entre los dos. Le parecía de lo más extraño estar ocupando el lugar de la mujer del vestido blanco, que había estado allí sentada detrás de Hikari hacía un año. Aunque lo más extraño era ver a Yoji, que se suponía que estaba muerto, justo ahí frente a sus ojos.

—¡Yoji!

Hikari se olvidó de las reglas y estuvo a punto de ponerse de pie. Si lo hubiese hecho, en ese mismo instante habría vuelto al presente. Pero se había quedado con la mente en blanco al ver a Yoji.

Yoji levantó las manos justo a tiempo y gritó:

—¡Espera! ¡No puedes levantarte!

—¿Qué?

Durante un instante Hikari no entendió por qué Yoji había gritado tan fuerte y con tanto pavor, pero luego recordó las reglas.

—¡Cierto! —gritó e inmediatamente volvió a apoyar todo su peso sobre la silla. Si Yoji no le hubiera advertido, habría hecho aquel viaje al pasado solo para que la arrastraran de regreso al futuro sin haber logrado nada.

—Por poco…

Yoji se pasó la mano por la frente de forma melodramática.

—¿Cómo?

Una vez más, Hikari se sintió desconcertada ante lo que acababa de ocurrir.

«Yoji me ha advertido que no me levantara. Así que sabe que vengo del futuro».

Hikari entró en pánico. Aunque Yoji conociera las reglas de la cafetería, no había forma de que supiera que ella, que estaba allí sentada, había viajado en el tiempo.

¿Cómo iba a saberlo?

Sin embargo, Yoji acababa de evitar que Hikari se pusiera de pie. ¿Por qué iba a hacerlo si no fuera porque sabía que venía del futuro? Y lo había hecho sin dudarlo.

—Pues tal vez…

Hikari dirigió una mirada inquisitiva a Kazu, que estaba detrás de la barra: «¿Se lo has dicho tú?».

Pero Kazu no respondió a la mirada de Hikari. Se marchó a la cocina como si no se hubiera percatado de nada.

—Oye, oye…

La voz de Hikari se fue apagando poco a poco. En cierto modo había previsto aquel comportamiento de Kazu. Aunque hubiera verbalizado la pregunta, sin lugar a dudas ella habría respondido de forma contundente: «De ninguna manera». Al fin y al cabo, habría sido necesario que alguien predijera el futuro para saber que Hikari viajaría al pasado. Por lo tanto, ni siquiera Kazu habría podido saber que eso sucedería. Era algo lógico.

«¿Cómo supo Yoji que yo venía del futuro?».

Cuando volvió a observar a Yoji, él se había levantado de su silla y se dirigía a la mesa donde estaba ella. Como estaba enfrascada en intentar entender lo que estaba pasando, se olvidó por completo de lo que había ido a decirle. En cuanto se acercó, Yoji se sentó en la silla opuesta sin dudarlo un momento. Sus miradas se encontraron.

Hikari lo miraba con nerviosismo, pero, por algún motivo, él tenía una gran sonrisa en el rostro.

«¿Qué? ¿Va a pedirme matrimonio ahora?».

Apenas lo pensó, supo que ese no era el motivo.

«No, no puede ser. Si mal no recuerdo, justo antes de pedirme matrimonio, Yoji no estaba lo suficientemente tranquilo como para sonreír de ese modo».

Hikari no comprendía la reacción de Yoji.

—Entonces...

Hikari, que aún estaba confundida, comenzó a hablar. En primer lugar, necesitaba saber si ese «ahora» era antes o después de la propuesta. Si era antes, entonces aceptaría el anillo que él le daría, pero, si era después, entonces no sería tan sencillo.

Tendría que explicarle por qué había rechazado su propuesta la primera vez, y además debía sonar convincente. Incluso si el presente no cambiaba, no quería que su viaje solo sirviera para que todo quedara raro entre ellos.

«No hay tiempo que perder».

—¿Cómo sabías que venía del futuro?

«El café se enfriará rápido. No puedo andarme con rodeos».

Tragó saliva. Sintió que le faltaba el aire a medida que se le aceleraba el corazón.

«Nada de lo que diga cambiará el presente. No puedo alterar eso».

Aunque ya lo sabía, aquello no evitó que se sintiera todavía más nerviosa. Actuaba impulsada por un objetivo y la conversación podía resultar difícil para Yoji. Sin embargo, no pareció molestarle la pregunta repentina de Hikari. De hecho, parecía estar más que bien.

—Te estaba esperando —contestó con alegría.

—¿Cómo?

—Estaba esperando a que vinieras del futuro.

A Hikari le estaba costando asimilar lo que decía Yoji.

—¿Me estabas… esperando? ¿A mí?

—Sí.

—No entiendo. ¿Por qué?

—Te dije que te esperaría, ¿lo recuerdas?

Hikari ladeó la cabeza, sin estar segura de a qué se refería Yoji.

—A ver, para mí, eso acaba de pasar.

«¿Acaba de pasar?».

—Cuando te pedí matrimonio, dijiste que necesitabas concentrarte en el trabajo durante un tiempo. ¿Te acuerdas?

«¿En el trabajo?».

Hikari se quedó mirando al vacío. El ventilador de madera giraba en el techo y los péndulos de los tres relojes de pared marcaban el paso del tiempo a ritmos diferentes.

—Ah.

Ciertamente aquel día Yoji le había dicho que la esperaría.

«Pero entonces...».

—Un momento, un momento... ¿A eso te referías cuando dijiste que me esperarías?

«¡Creí que esperaría a que yo estuviera más satisfecha con mi trabajo!».

—¿Te referías a que me estarías esperando aquí, en esta cafetería, hasta que viajara desde el futuro?

—Así es.

La respuesta instantánea de Yoji hizo que Hikari se quedara sin palabras. Lo único que pudo hacer fue abrir y cerrar la boca.

—Puede que creas que estoy mintiendo, pero no es así. Esa es la razón por la que te traje a esta cafetería en un principio. Pensé que, si rechazabas mi propuesta, podría esperarte aquí hasta que vinieras del futuro.

—No tiene sentido.

—Vale, entonces respóndeme a esto: en el futuro, ya estoy muerto, ¿no?

Yoji dijo lo indecible sin inmutarse. Como si le estuviera preguntando a Hikari si se lo había pasado bien en una fiesta a la que él no había podido ir.

—¿Qué..., qué dices? —La voz le flaqueó.

La ira estalló en su mirada a medida que la rabia se apoderaba de ella. Su corazón no era lo suficientemente fuerte como para responder a esa pregunta. ¿Cómo se atrevía a preguntarle eso, sabiendo que no podría responderle? Le temblaba el cuerpo y le castañeaban los dientes.

—Lo siento, lo siento.

Yoji sonrió en señal de disculpa. Hikari no entendía cómo podía estar tan alegre.

«Yoji me trajo hasta aquí porque sabía que iba a morir».

—¿Y? ¿Qué te dije en ese momento?

—¿A qué momento te refieres?

—Cuando te dejé.

—¿Has planeado todo?

—Sí, cortaré contigo si sé que mi enfermedad empeora.

Para Hikari se trataba del pasado, pero para Yoji era el futuro. Le entristecía escucharlo hablar del futuro. Le costaba creerlo, pero si lo que decía era cierto...

«Lo único que hice fue pensar en mí misma».

Hikari cerró los ojos, arrepentida de un pasado del que no se enorgullecía.

—Entonces ¿qué te dije?

Yoji miró fijamente a Hikari con gran interés.

—Dijiste que habías conocido a otra persona.

—¡Así que usé esa! —gritó, lo suficientemente fuerte como para que resonara en la cafetería, y se inclinó hacia atrás en su silla.

Hikari observó la reacción de Yoji con el semblante helado.

—Le he estado dando muchas vueltas a eso.

—¿A qué?

—Al argumento que usaría para dejarte. Otra opción era decirte que había perdido esto y que termináramos peleándonos a lo grande a causa de ello.

Yoji se levantó la manga izquierda y le mostró un reloj con correa de cuero. Ella se lo había regalado por su cumpleaños. Recordó que se había pasado una semana entera yendo de una tienda a otra después del trabajo, sin saber cuál sería el más indicado. De haberlo perdido, Hikari imaginaba que le habría preguntado dónde podría estar, pero probablemente no se habría peleado con él por ese motivo.

—¿Te imaginas que hasta pensé en decirte que estaba endeudado hasta las cejas o pedirte que invirtieras en mi nuevo negocio informático?

Yoji se reía solo, como si para él aquello fuera una locura.

—Hasta pensé en desaparecer de pronto sin decirte nada.

Luego, miró a Hikari con una sonrisa triste. Ella imaginó que probablemente aquella era la estrategia que estaba considerando en ese momento.

—Pero veo que me decanté por esa, te dije que había conocido a otra persona.

Yoji asintió, asimilando aquello, como si se estuviera convenciendo de las ventajas de esa opción. Tal vez le aliviaba saber que no desaparecería sin más de la vida de Hikari. Prosiguió:

—Y ¿cómo te lo tomaste cuando te dije que había conocido a otra chica teniendo en cuenta que había prometido esperarte?

—Pues la verdad es que me dejaste tan atónita que no supe qué responder —contestó Hikari con sinceridad.

—Ya, me imagino.

Yoji volvió a reír por lo bajo. Evidentemente él debía de haber reflexionado mucho acerca de cómo lograr que Hikari visitara la cafetería una vez que se enterara de su muerte.

Hikari frunció el ceño en señal de frustración.

—¿Por qué no me lo contaste?

—¿Lo de mi enfermedad?

—Deberías habérmelo dicho.

—Si te lo hubiera contado, ¿no crees que te habrías sentido obligada a aceptar la propuesta?

«No puedo respirar. Tiene razón. Si hubiera sabido lo de su enfermedad cuando me pidió matrimonio, no habría sido capaz de decirle que no… No estaba lista para casarme, ni estaba segura de querer vivir con Yoji el resto de mi vida. Lo del trabajo fue solo una excusa… Si me lo hubiera contado, probablemente le habría dicho que sí, puede que por lástima. De haberlo sabido no habría podido decidir por mí misma. Cómo decirle que no… Si lo hubiera rechazado habría sentido un arrepentimiento muy profundo y esa carga me habría acompañado mucho tiempo después de su muerte. Habría estado toda mi vida preguntándome por qué no me casé con él en su momento».

La decisión la habría atormentado como una maldición.

Y justamente era eso lo que Yoji había previsto. Conocía demasiado bien a Hikari como para saber que terminaría así.

—Es por eso por lo que pensé en esperarte.

«Yoji había aguardado a que viniera a verlo por mi cuenta. No habría venido si él realmente fuera del tipo de chico que lo deja todo porque ha conocido a otra persona. Algo dentro de mí..., algo que no puedo identificar..., es lo que me ha traído hasta aquí. Puede que en parte sea el arrepentimiento que siento por no haberle confesado mis sentimientos y, en parte, mi deseo de saber la verdad».

—¿Era la única manera?

—No lo sé, puede que no. De no haber conocido esta cafetería, tal vez no habría sido capaz de esconder lo de mi enfermedad. Posiblemente te habría pedido matrimonio... aunque eso implicara ignorar lo que sentías. Aunque, de haberlo hecho, estoy seguro de que, en el momento de morir, lo habría lamentado.

»Cuanto más se acercara la hora de mi muerte, menos habría podido confiar en tus sentimientos, pues cada vez que te viera triste se me habrían cruzado mil cosas por la cabeza. Incluso puede que hubiera llegado a acusarte de casarte conmigo solo por lástima.

»No habría podido soportarlo. No quería que eso sucediera. Solo quiero que seas feliz. Solo habría querido que fueras feliz.

»Pero, creo que la duda me habría enturbiado el corazón y tenía miedo de que me resultara más difícil estar en paz en el momento de morir. Así que decidí poner toda mi esperanza en que tú vendrías a encontrarte conmigo.

—Ah...

—Oye, lo siento —dijo Yoji cubriéndose el rostro con las manos. La superficie de la mesa estaba un poco húmeda—. No quería contarte todo esto, creo que lo he estropeado.

Al ver que Yoji levantaba la mirada y se sorbía la nariz con fuerza, Hikari pensó: «Las reglas de esta cafetería son muy crueles».

Por mucho que lo intentes, no podrás cambiar el presente. Yoji conocía aquella regla y por eso estaba llorando. El hecho de que ella estuviera allí solo significaba que al final él moriría.

«Aun así, una parte de mí está feliz de haber regresado al pasado. Si no lo hubiera hecho me habría pasado el resto de mi vida sin saber lo que él pensaba realmente, sin conocer su dolor. Me dijo que esperaría, pero luego me dejó con la excusa de haber conocido a otra persona... Me lo repetí durante meses para intentar olvidarme de él».

—¿Y qué habrías hecho si yo me hubiese enamorado de otra persona después de que rompiéramos?

En realidad, eso no era lo que quería decirle. Había otros asuntos mucho más importantes. De hecho sabía exactamente lo que contestaría Yoji, pero aun así se lo preguntó.

—Pues, en ese caso, tú tendrías que ser feliz con esa persona, por supuesto. ¿Por qué habría de importarte un tío que te dejó por otra mujer a pesar de que dijo que te esperaría?

«Sí, la respuesta que imaginaba».

Llegados a ese punto, resultaba difícil saber si Yoji reía mientras lloraba o lloraba mientras reía.

—Eres muy egoísta, lo sabes, ¿no?

«No lo he dicho en serio. ¿Por qué estoy siendo tan rencorosa, incluso ahora que sé cuánto ha estado pensando en mí?».

—Lo siento.

«No tienes que pedirme disculpas. Yo soy la que debería disculparse».

«Aunque...».

—Ojalá me lo hubieras dicho. Sí, puede que me hubiera casado contigo por lástima. Pero, aun así, habría querido sufrir contigo. Posiblemente habría pasado noches enteras sin dormir pensando en que ibas a morir y habría descubierto muchas cosas que no me gustan de ti. Pero, a pesar de eso, habría deseado acompañarte. Quería estar al tanto de lo que sentías, de lo que realmente sentías.

—Lo lamento.

—¿Qué se supone que debo hacer ahora? ¿Qué voy a hacer?

Hikari se cubrió el rostro con las manos y comenzó a sollozar. Yoji, sin dejar de mirarla, se inclinó hacia delante con delicadeza y tocó la taza de café. Por un momento su semblante se puso serio y se mordió el labio con fuerza.

Luego sacó una cajita del bolsillo de su chaqueta y dijo:

—Aquí tienes. —Y la colocó al lado de la taza.

Hikari contempló la cajita por entre los dedos con los que se cubría el rostro, y rompió a llorar aún más fuerte.

—Quiero que lo conserves.

—Pero ¿sabes que el presente no cambiará?

—Sí, lo sé.

—Aunque acepte, nunca llegaremos a casarnos.

—Lo sé, y está bien.

—Eres demasiado listo, sabes que no puedo decirte que no.

—Sí, lo siento. Al parecer, te toca sufrir sea lo que sea que escojas. De verdad lo siento. No me cabe duda de que simplemente estoy siendo egoísta. Lo sé… Pero aun así…

—Eres superegoísta.

—Hikari, ¿quieres casar…

—¡Requetegoísta!

—… te conmigo?

Yoji tenía los ojos más hermosos que había visto en su vida. Quería decirle que sí, pero no podía. Porque, aunque lo hiciera, tenía que regresar al presente y Yoji viviría con la Hikari del pasado, que no tenía idea de nada.

«Es demasiado cruel».

—Odio esto —dijo Hikari, y dirigió la mirada al techo. Se llevó las manos a los párpados en un intento inútil de evitar que las lágrimas siguieran brotando—. Pero, sobre todo, odio que vayas a morir.

Cuando se enteró de que Yoji había muerto, se le nubló la mente. Fue la única incapaz de llorar en su funeral.

Seguía aturdida después de que le hubiera dicho que se había enamorado de otra persona, a pesar de prometerle que la esperaría. Ella le había creído, por lo que estaba decidida a no llorar por aquel tío que la había dejado de forma egoísta y que después había muerto, también de forma egoísta.

Pero Hikari ahora era consciente de lo que realmente sentía.

«No quiero que mueras».

—Quería casarme como es debido…

Hikari sollozaba como una niña.

—¿Esa es tu respuesta? Es muy típica de ti.

Yoji volvió a reírse.

«Qué obstinada. Sé que no estoy siendo sincera».

Yoji sacó el anillo de la cajita y sujetó la mano izquierda de Hikari.

—Durante los próximos seis meses no podré contarte lo que pasó hoy. Debido a la regla de esta cafetería, aunque intente contártelo, tú no me escucharás, y, si lo haces, no me creerás. Aun así, me alegra saber lo que sientes de verdad. Me ha hecho muy feliz. No me arrepiento de haberme encontrado contigo, no me arrepiento de querer casarme contigo y tampoco me arrepiento de haberte pedido matrimonio. Así que viviré con una sonrisa.

Entonces Yoji colocó el anillo en el dedo anular izquierdo de Hikari.

Pi-pi-pi-pi-pi-pi-pi-pi...

«Oh».

El mezclador que estaba dentro de la taza comenzó a pitar. Estaba cumpliendo su función: hacer sonar una alarma cuando el café estuviera a punto de enfriarse.

—Supongo que se acabó el tiempo.

—Yoji.

—Será mejor que bebas el café.

Hikari apretó el anillo que tenía en el dedo contra el pecho con la otra mano, como abrazándolo. No quería coger la taza.

—Rápido.

—No.

«¿Por qué soy tan obstinada? ¡Debo de parecerle supermolesta! Incluso en este momento sigo causándole problemas. No quiero beber el café, aunque sé que él sufrirá si no lo hago».

—Madre mía. —Yoji soltó un fuerte suspiro.

Pero, incluso en ese momento, sonrió. Tal vez había previsto que aquello sucedería.

—Si no regresas al futuro tendré que vérmelas con dos Hikari en este mundo. Lo sabes, ¿no? De ser así, la Hikari de este presente estará celosa de que tú tengas el anillo, y tú te jactarías de ello, ¿o me equivoco?

»No lo hagas, por favor. No tengo dinero para comprar otro anillo como ese. No le diré que tú lo tienes, así que, por favor, vuelve al futuro. Así.

Yoji hizo un gesto de súplica con las manos. Seguramente conocía muy bien lo que sucedía una vez que se enfriaba el café. ¿Cómo no iba a saberlo si hasta predijo que Hikari viajaría desde el futuro?

Si le insistía con firmeza en que regresara, ella probablemente se quedaría por obstinada.

Pero cómo no iba a regresar si Yoji estaba ahí gastándole bromas, incluso sabiendo que iba a morir. Ese pensamiento le hizo ver con claridad que se arrepentiría si no volvía al presente.

Pi-pi-pi-pi-pi-pi-pi-pi...

Pi-pi-pi-pi-pi-pi-pi-pi...

Un segundo aviso. Esta vez, el sonido de la alarma fue más insistente. Estaba a punto de quedarse sin tiempo.

—Aaaah... ¡Ah! —gritó en un intento de librarse de aquella carga emocional. Pero no lograba decidir qué hacer—. Aaaah... ¡Ah! —volvió a gritar, esta vez más fuerte, con la mirada puesta en el techo—. Si insistes, entonces no me queda más remedio —gritó.

Se limpió las lágrimas con el dorso de la mano y cogió la taza. El café parecía estar bastante más frío que el que le sirvieron al viajar al pasado. Puede que estuviera a punto de enfriarse por completo.

No tenía tiempo.

—Sé bueno con mi yo de este presente hasta que nos separemos.

—Claro que sí.

«Ah».

De pronto cayó en la cuenta de algo que acababa de decir.

«Cuando Yoji me dejó, me pareció todo muy repentino. Puede que fuera justamente por lo que acabo de pedirle. La traición de Yoji, que para mí no tuvo ningún sentido, fue por un buen motivo y es posible que yo la provocara. En aquel momento simplemente saqué conjeturas sobre sus acciones y me enfadé por eso».

Hikari soltó una risita.

—Hasta pronto —dijo y se bebió el café de un solo trago.

Sintió un fuerte y persistente sabor amargo en la parte posterior de la garganta. En cuanto volvió a colocar la taza sobre el platillo, todo su cuerpo se fundió en un bamboleo.

Inmediatamente después se dio cuenta de que estaba comenzando a flotar y que todo a su alrededor fluía hacia abajo.

«Ah».

Flotaba a unos dos metros sobre el suelo y observaba a Yoji prácticamente desde el techo. Seguía sintiendo su propio cuerpo, pero cuando quiso mover lo que ella creía que era su mano, en su lugar solo había vapor.

—¡Yoji!

—Hikari.

La voz de Yoji era tan dulce, incluso en ese momento.

—¡Gracias, Yoji!

—¡Gracias por venir a verme!

—¡Gracias por quererme! ¡Gracias por esperarme! Al final no pude hacer nada por ti, pero aun así me alegra haber venido.

—Sí.

—¡Gracias por pedirme matrimonio! ¡Miles, millones de gracias!

—¡No, gracias a ti! Duró poco, hasta que el café se enfrió…

—¿Qué?

La voz de Yoji se oía entrecortada, como si fuera una radio con mala señal.

—… pero me hizo muy feliz estar casado contigo.

Dicho esto, la voz de Yoji y cualquier rastro de él desaparecieron, y en su lugar Hikari volvió a ver cómo pasaba el tiempo.

—¡Yoji!

Yoji ya no podía oír a Hikari.

Sin embargo, ella siguió llamándolo.

De repente, la mujer del vestido blanco estaba de pie frente a ella. En lugar de vapor, las manos de Hikari habían recuperado su aspecto habitual.

—Estás en mi silla —dijo la mujer en un tono tan bajo que le resultó extraño.

—Ah, lo siento.

Hikari se apresuró a cederle el asiento.

Cuando apoyó la mano sobre la mesa para ponerse de pie, oyó un fuerte clic. En el dedo anular de su mano izquierda estaba el anillo que Yoji le había dado.

«¡Ah!».

No había sido un sueño. En ningún momento lo había dudado, pero aun así, de no ser por el anillo que tenía en el dedo, tampoco habría podido asegurarlo. Aunque debía aceptar que resultaba difícil de creer, incluso en ese instante.

«Pero el anillo es real».

Era la prueba de que había aceptado la propuesta de Yoji. La mentira que le había dicho al dejarla y todo lo que había hecho para mostrarse amable con ella hasta que se separaran había sido su manera de cumplir con su promesa. El anillo que llevaba en el dedo era un hilo invisible que unía a Yoji e Hikari a través del tiempo.

—¿Qué tal te fue? —le preguntó Kazu mientras se llevaba la taza vacía.

Unos instantes después de hacer la pregunta, Kazu ya había desaparecido en la cocina. Solo se oía el tictac de los tres relojes de pared. La mujer del vestido blanco había retomado la lectura en la silla que llevaba de regreso al pasado.

Nagare estaba de pie detrás de la barra con los brazos cruzados.

«He vuelto».

Hikari cerró los ojos y al hacerlo seguía viendo imágenes de Yoji, con quien acababa de estar hacía un momento.

«Yoji sonrió hasta el final».

A Hikari le entraron ganas de llorar de nuevo, pero se mordió el labio y aguantó el impulso.

«Yo también viviré con una sonrisa».

Hikari recogió el abrigo que colgaba del respaldo de la silla y caminó hacia la caja registradora.

—Gracias —dijo Kazu a modo de despedida.

—Al contrario, gracias a ti —contestó Hikari.

«Me alegra haber venido».

Hikari volvió a echar un vistazo a la cafetería.

La primera vez que había visitado aquel lugar pensó que jamás regresaría a lo que en ese momento había considerado una cafetería deprimente y un tanto espeluznante. Pero ahora daba la impresión de que resplandecía.

—Vaya, casi lo olvido —dijo de pronto—. ¿Sabéis qué me dijo Yoji para lograr que viniera aquí ese día? —les preguntó a Nagare y a Kazu.

—Hum... —dijo Nagare, como de costumbre, mientras abría de par en par solo uno de sus estrechos ojos.

Kazu permaneció en silencio y ladeó ligeramente la cabeza.

Hikari rio. Sabía que era una pregunta extraña, incluso inesperada, y estaba segura de que a ninguno le interesaba la respuesta.

Aun así, quería contárselo.

—Yoji dijo: «Conozco una cafetería que te hará feliz, ¿qué te parece si vamos?».

«Aquel día, sus palabras me dieron un mal presentimiento. Pero ahora me siento diferente. Seguramente Yoji había previsto cómo me sentiría ahora. Y resultó ser justamente como él dijo que sería».

—No me digas —respondió Kazu con una sonrisa apenas visible, y desapareció en la cocina.

—Tiene pinta de haber sido un novio maravilloso.

—Ah, no, novio no —contestó Hikari de forma clara y sucinta desmintiendo la afirmación de Nagare.

Le mostró la mano izquierda y Nagare pestañeó varias veces. Un anillo de plata le brillaba en el dedo.

—Es mi marido.

—Ah, perdón, no me había dado cuenta —dijo Nagare. Sus ojos estrechos se arquearon de felicidad y asintió con cortesía ante la alegre declaración de Hikari.

¡Tolón, tolón!

Hikari se marchó de la cafetería y caminó hacia la parada mientras daba fuertes pisadas sobre la nieve que crujía a su paso.

Había llegado nuevamente la Navidad.

Recordó la noche en que ella y Yoji habían caminado juntos.

CRUNCH... CRUNCH... CRUNCH...

4

La hija

Michiko Kijimoto estaba completamente harta.

¿Acaso no había decidido estudiar en Tokio a propósito —lejos de la pequeña localidad portuaria de Yuriage, en la ciudad de Natori, dentro de la prefectura de Miyagi— para escapar de su molesto y entrometido padre? Sin embargo, ahí estaba él, dirigiéndole una mirada de desaprobación.

Su padre era Kengo Kijimoto.

Estaban en una cafetería llamada Funikuri Funikura, a dos paradas de la universidad. Michiko ya había estado una vez en aquella cafetería ubicada en un segundo sótano. En la primera visita, le había parecido que la tenue iluminación del lugar y la ausencia de ventanas le daban un aire deprimente.

«Nunca imaginé que volvería a este sitio».

Pero precisamente por ello había escogido ese lugar para encontrarse con Kengo. De haber escogido una cafetería que ella visitara con frecuencia, quizá los habría visto algún amigo. Y ella no quería que sus amigos conocieran al paleto de su padre.

—¿Estás comiendo bien? —preguntó él con voz ronca e intimidante, una voz que le había irritado muchas veces en el pasado. Aunque no le había molestado tanto cuando su madre aún vivía.

La madre de Michiko había sido una mujer de cara redonda que reía a menudo y a quien se le daba bien elogiar. Solía cocinar tartas de cumpleaños e hizo millones de fotos de Michiko disfrazada con un quimono para el festival Shichi-Go-San, que luego colgó por toda la casa.

Si Michiko sacaba un diez en un examen, su madre volvía a casa con una cantidad descomunal de *takoyaki* (buñuelos de pulpo), que le encantaban a Michiko. Incluso cuando le decía que no podía comer más, su madre se reía y respondía: «¡Uno más! ¡Solo uno más!».

Michiko adoraba a su madre.

«Pero mamá ya no está».

Cuando comenzó a vivir sola con Kengo, ya no hubo más tartas de cumpleaños, ni fotos de recuerdo, ni festines de *takoyaki* para celebrar una buena nota.

Lo único que aumentó fue el atosigamiento constante.

«Haz los deberes».

«Termina ya y vete a dormir».

«No te quedes hasta tarde tonteando».

«Escoge bien a tus amigos».

«No te pongas eso».

«No, eso no está bien».

«No puedo permitirlo».

A pesar de que se había marchado de Yuriage, su localidad natal, para estudiar en Tokio y escapar de aquel maleficio, su odioso padre estaba allí sentado frente a ella.

—¿Estás estudiando y yendo a clase?

Michiko soltó un fuerte suspiro y miró hacia otro lado.

—Michiko.

—¿Qué intentas decirme? ¿Que debería estar haciéndolo porque estás gastando mucho dinero para que vaya a la universidad?

—¿Quién ha dicho eso?

—Es lo que estás insinuando. De repente te presentas en Tokio y te pones en contacto con mis profesores para poder hablar conmigo.

—Lo hice porque tú...

Michiko le dirigió una mirada furiosa.

«Lo hiciste porque nunca te he llamado, ¿a que sí?». Sabía lo que su padre le quería decir.

—Lo siento —murmuró Kengo y dirigió la mirada al suelo.

—¿Hemos acabado?

Habían estado tan solo quince minutos juntos. Michiko quería marcharse de aquel molesto sitio cuanto antes, así que cogió la bolsa de productos típicos que le había llevado su padre y se puso de pie.

—Michiko.

Kengo la detuvo cuando ella se dirigía con paso veloz a la puerta.

—¿Qué? ¿Hay algo más que quieras decirme?

«Estas idas y venidas son una pérdida de tiempo».

Esta vez, Michiko se mordió la lengua, pero las arrugas de su frente reflejaban lo que sentía.

Kengo desvió la mirada para evitar aquel rostro cuyos ojos lo observaban con repulsión, y dijo:

—Si pasa algo, solo dímelo. Sea lo que sea. No te lo guardes.

¡PUM!

De pronto se oyó un gran ruido en la cafetería.

Kengo abrió los ojos como platos al ver que la comida que le había traído a Michiko estaba desparramada por el suelo.

Su hija había tirado toda la bolsa.

—¡Eso es justamente lo que odio! ¿Acaso no lo ves? Estoy a punto de cumplir veinte años, ¿entiendes? ¡Ya no soy una niña! ¡Quiero que dejes de meterte en mi vida! ¿Por qué crees que vine a estudiar a Tokio? Pues porque no quiero que te estés entrometiendo de este modo.

Como los únicos clientes de la cafetería eran Michiko, Kengo y la mujer del vestido blanco que estaba en un rincón alejado, Michiko no vaciló en alzar la voz, enfadada.

Sabía que le dolería. «A decir verdad, ojalá le duela», pensó.

—¿Cómo es que no lo entiendes?

Su entrometido padre no le daba lástima; un padre que no paraba de echarle sermones acerca de lo que debía o no debía hacer.

Lo único que quería era perderlo de vista lo antes posible.

—Lo siento —murmuró Kengo con voz débil.

—Vete a casa. —Se enfadó aún más al verlo así, en silencio y resentido, con el semblante triste—. ¡Vete a casa de una vez!

Kengo se levantó despacio de la silla y se agachó para recoger las cosas esparcidas por el suelo. Dedicó un momento a sacudirles el polvo inexistente antes de volver a guardar en la bolsa, uno por uno, el bizcocho relleno de natillas, las croquetas de pescado y patata con forma de hoja de bambú, los pastelitos de arroz glutinoso rellenos de soja y el paquete de *takoyaki*.

Eran todas cosas que le gustaban a Michiko. Le dio la bolsa, pero ella no la aceptó.

Kengo miró con tristeza a Michiko, quien había rechazado el regalo sin siquiera mirarlo a los ojos, y entonces se marchó de la cafetería con los hombros caídos.

¡Tolón, tolón!

—... Y eso fue hace seis años —dijo Michiko al concluir su historia, y levantó la mirada; su semblante estaba serio.

—¿Seis años? —contestó Nagare Tokita, el dueño de la cafetería, mientras reflexionaba sobre lo que había contado Michiko.

—Eres una pésima hija —observó Nana Kohtake, que estaba sentada junto a la barra, sin pelos en la lengua. Trabajaba como enfermera en un hospital de la zona y era una clienta habitual de la cafetería.

—Señora Kohtake...

—¿Qué?

Nagare le hizo una seña en silencio a Kohtake para que no fuera descortés, pero, en lugar de retractarse, ella sorbió ruidosamente su café.

Michiko, a quien tal vez le habían afectado las palabras de Kohtake, parecía arrepentida.

—Me enteré de que si venía a este sitio podría regresar al pasado, ¿es cierto? —preguntó. Estaba yendo al grano.

—Vale, hum...

Nagare se quedó sin palabras; él y Kohtake se miraron. La reacción de ambos hizo que Michiko se sintiera nerviosa.

«Será que no es cierto».

En el fondo, nunca lo había creído del todo.

«Pero si fuera verdad, si fuera posible viajar en el tiempo…».

Ese mismo pensamiento la había conducido a la cafetería. Había una razón por la cual deseaba…, no, por la que debía regresar al pasado.

—Sí se puede viajar al pasado, ¿verdad?

Lo dijo más alto de lo que había previsto. Nagare se limitó a rascarse la sien, confundido.

—¿Y?

Su ansiedad iba en aumento, pero Nagare no se mostró muy comunicativo. Michiko lo observó con expresión sombría.

—¿Qué harías si pudieras viajar en el tiempo? —le preguntó Kohtake. Por el tono de su voz, ya conocía la respuesta de Michiko.

—Quiero salvar a mi padre.

—¿Salvarlo?

—Sí, tres días después de aquel encuentro, cuando lo eché de esta cafetería, hace seis años… El terremoto…

No fue capaz de terminar la frase. Incluso después de seis años, todavía se arrepentía de lo que había hecho.

—Si no lo hubiera echado aquel día…

El 11 de marzo de 2011, Japón sufrió el terremoto más fuerte de su historia. El Gran Terremoto del Este de Japón.

Aunque ya habían transcurrido seis años de aquel desastre, la destrucción que causó el terremoto seguía viva en la mente de todos los presentes. Nagare no sabía qué decir y Kohtake desvió la mirada y permaneció en silencio.

Kazu Tokita fue la única que siguió mirando fijamente a Michiko, inmutable. Kazu era la camarera de la cafetería. Estaba a cargo de servir el café que llevaba a las personas de regreso al pasado. Era de tez clara y ojos estrechos y almendrados, pero no tenía ningún rasgo en particular que destacara.

En pocas palabras, pasaba fácilmente desapercibida. Con seguridad, Michiko no se había percatado de su presencia hasta que se encontró con ella cara a cara.

—¡Por favor! ¡Déjame regresar a ese día cuando le dije aquellas cosas horribles a mi padre y lo eché de este lugar! —le pidió Michiko a Kazu haciendo una profunda inclinación con la cabeza.

«Quiero salvar a papá».

Para Nagare y Kohtake, lo que Michiko sentía era evidente y doloroso. Pero sabían algo que ella desconocía, y no encontraban la manera de decírselo.

Michiko desconocía una regla fundamental de los viajes al pasado.

—Escucha, hay algo que debes saber —dijo Kazu.

—Vale.

—Puedes viajar al pasado. Sí. Pero…

—Pero ¿qué?

—Sin importar lo mucho que lo intentes, cuando viajes en el tiempo, no podrás salvar a tu padre.

—¿Qué?

—Aunque lograras retenerlo en Tokio, no podrás cambiar el hecho de que tu padre morirá.

—¿Por qué?

—Estoy segura de que necesitas una buena explicación, pero simplemente así lo dispone la regla.

El tono directo de Kazu molestó a Michiko.

«Aunque no pueda salvar a mi padre, ¿por qué me lo dice así, con tanta indiferencia? ¿Acaso se hace idea de lo que siento al venir y enterarme de esto después de creer que podría viajar al pasado? El dueño de este sitio y la otra mujer tampoco me conocen de nada, pero al menos se mostraron compasivos cuando les conté lo de mi padre».

—¿Cómo es posible?

Lo que le resultaba aún más frustrante era observar la mirada serena de Kazu, que no dejaba lugar a la duda.

—¿Acaso no significa eso que no tiene ningún sentido regresar al pasado?

Decirlo en voz alta no cambiaba nada. Lo había soltado de forma impulsiva por la rabia que sentía, no había podido evitarlo.

—En cierto modo, sí —se limitó a responder Kazu, y dirigió una mirada triste al suelo por un breve instante.

«No lo puedo creer».

Kazu vio como Michiko se desplomaba en una silla, y luego se dio la vuelta y entró en la cocina. Parecía que a Michiko le hubieran exprimido hasta la última gota de vida que le quedaba.

—No es algo fácil de oír.

—Sabemos cómo te sientes.

Pero Michiko no escuchaba las palabras de Nagare y de Kohtake. Sentía que el corazón se le desinflaba cual globo pinchado.

Era como si hubiera comenzado a correr una maratón superpreparada y lista, y antes de llegar a la meta le dijeran que se cancelaba y que, en realidad, ni siquiera había una línea de meta. Sentía que al final todo se había urdido en su contra, de una manera injusta y cruel.

Michiko estaba comprometida. Su novio se llamaba Yusuke Mori y ambos habían comenzado a trabajar en la compañía a la vez. Se conocían hacía ya tres años. Fue Yusuke quien le contó que en aquella cafetería se podía viajar al pasado.

Al principio, Michiko no le creyó. Incluso se enfadó con él por proponerle algo tan estúpido, la idea de «viajar en el tiempo». En un primer momento lo descartó como si se tratara de una broma, pero él insistió en que era cierto alegando que una mujer llamada Fumiko Kiyokawa, que de hecho había viajado ella misma al pasado, le había contado la historia de la cafetería.

Fumiko Kiyokawa trabajaba como ingeniera de sistemas para una compañía que era cliente de la suya y con la que Yusuke trataba de forma directa, y, aunque no llegaba a los treinta, se la conocía por haber logrado sacar adelante importantes proyectos con mucho éxito. Hasta Michiko había oído hablar de ella.

—No creo que la señorita Kiyokawa estuviera mintiéndome. No le conté nada acerca de tu historia, claro, y ella no tiene por qué inventarse algo tan descabellado. Sí mencionó que había una serie de reglas engorrosas, pero, si de verdad puedes viajar al pasado, ¿no te gustaría intentarlo?

—Pero...

—¿Por qué no vas, viajas al pasado y enmiendas las cosas? Esta vez no lo eches de la cafetería e intenta que se quede en Tokio. Si pudieras lograr eso...

«¿De verdad puedo enmendar las cosas? ¿Puedo revivir aquel día?».

Una llama de esperanza se encendió en el corazón de Michiko.

El remordimiento que sentía por haber tratado así a su padre se había convertido en un trauma que le provocaba palpitaciones cada vez que pensaba en ello. Se había armado de mucho valor para visitar la cafetería, pero al parecer había sido en vano.

Kohtake se sentó en la silla opuesta a Michiko y le dijo:

—No te desanimes. No hay nada que puedas hacer al respecto. Simplemente así lo dispone la regla.

Pero Michiko permaneció desplomada en la silla, incapaz de mover ni un dedo.

—Vaya, no tiene remedio.

Kohtake se encogió de hombros y meneó la cabeza en dirección a Nagare.

¡Tolón, tolón!

—Hola, bienvenido.

Entró un joven que llevaba un traje informal.

—¿Vienes solo?

El joven respondió a la pregunta de Nagare con un gesto cortés y caminó en dirección a Michiko, que seguía desplomada en la silla.

—Michiko.

Michiko levantó la mirada al oír su nombre.

—Ah... Yusuke.

El joven era Yusuke Mori, quien había animado a Michiko a que viajara en el tiempo.

—He estado fuera esperándote una eternidad, pero no sales...

—Oh, lo siento.

—No pasa nada.

Cuando Nagare se dio cuenta de que Yusuke conocía a Michiko, se giró para mirar a Kohtake y se dio una palmada en el pecho, aliviado de que alguien hubiera venido a por ella.

Kohtake respondió sacando el mentón, indicando que tal vez aún era demasiado pronto como para estar seguros.

—¿Y? ¿Cómo te fue? ¿Te encontraste con tu padre?

Michiko se levantó de pronto. Nagare, Kohtake e incluso Yusuke abrieron los ojos de par en par, sorprendidos.

—Lo siento.

—¿Qué?

—No puedo casarme contigo.

Cogió su cartera del bolso, dejó un billete de mil yenes sobre la mesa y se marchó corriendo de la cafetería.

—¡Michiko!

¡Tolón, tolón!

Justo cuando Yusuke estaba a punto de salir corriendo tras ella, Kohtake le gritó:

—¡Oye, un momento!

Yusuke se sorprendió ante la repentina llamada de aquella desconocida.

—Hum, ¿sí?

—¿Señora Kohtake?

Yusuke no era el único a quien la situación lo había tomado por sorpresa. Nagare tenía el ceño fruncido.

—Siento todo esto.

Nagare agachó su enorme cuerpo para hacerle una reverencia a Yusuke. Sin embargo, de haberlo querido, Yusuke podría haber ignorado a Kohtake e ido tras Michiko, pero no lo había hecho. No podía.

—No regresó al pasado.

—¿Qué?

—No, porque no sería capaz de salvar a su padre, por mucho que lo intente.

Cuando Kohtake le explicó la situación a Yusuke, él soltó un breve suspiro y murmuró:

—Entiendo.

—¿Y qué tiene que ver el hecho de que no pueda salvar a su padre con vuestra boda? —preguntó Kohtake en un tono suave y sereno.

Yusuke se dio cuenta de que Michiko se había dejado su pañuelo sobre la mesa.

—Dijo que no soportaría ser la única que tenga la oportunidad de ser feliz —respondió con voz apagada mientras sujetaba el pañuelo.

—¿A qué te refieres?

Yusuke inspiró hondo y comenzó a hablar en susurros.

—Los últimos seis años ha vivido lamentándose de forma constante por lo que hizo aquí, por haber echado a su padre de ese modo... El tsunami no golpeó Yuriage hasta una hora después del primer temblor, por lo que su padre fue evacuado junto con los demás vecinos, pero de pronto dijo que tenía que regresar a por su libreta de ahorros...

—¿Su libreta de ahorros?

—Al parecer, las personas del puerto intentaron detenerlo, le dijeron que esperara hasta después, pero él insistió: «Son los ahorros para la boda de mi hija» y...

No había modo de terminar el relato. En ese momento todos recordaron las trágicas escenas que emitieron aquel día por televisión. Kohtake y Nagare tenían la mirada fija en el suelo.

—Imagino que no hay nada que se pueda hacer.

—Lo hecho hecho está.

En el interior de cada uno existen pesares que solo la persona afectada puede resolver. Yusuke no había sido capaz de ir tras Michiko porque sabía que no había sitio para él en la lucha interna que ella estaba librando. Yusuke no dijo nada más. Después de hacer una inclinación en silencio, se marchó de la cafetería.

Aquella tarde, después de cerrar, un hombre estaba sentado en la mesa mientras leía un folleto, y no daba señales de marcharse. Si por él fuera, probablemente no se habría ido nunca. Sin embargo, Kazu Tokita limpiaba la barra en silencio.

El único sonido que se oía era el tictac de los relojes de pared.

¡Tolón, tolón!

Sonó el cencerro, pero Kazu no dio la bienvenida habitual, sino que se limitó a mirar hacia la entrada, como si ya supiera de quién se trataba.

—Gracias por llamarme, Kazu.

En la puerta estaba Kohtake. Llevaba su uniforme de enfermera y era evidente que le faltaba el aire. Kazu le ofreció un vaso de agua.

—Gracias. —Kohtake se lo bebió de un trago—. Ah, casi lo olvido.

Le devolvió el vaso a Kazu y se dirigió nuevamente hacia la entrada de la cafetería. Desde ahí se oyeron voces.

—¿Vas a entrar?

—Sí, pero...

—Venga, no pasa nada, entra —dijo Kohtake. Un momento después, apareció Michiko, empujada por Kohtake. Tenía la mirada gacha, arrepentida.

—La encontré a mitad de la escalera —le dijo Kohtake a Kazu con ojos suplicantes mientras conducía a Michiko al interior de la cafetería.

Kazu miró a Michiko. En lugar de darle la bienvenida habitual le dijo «Buenas tardes». Ya habían cerrado.

—Hum... Buenas tardes —contestó Michiko.

Entretanto, Kohtake pasó caminando junto a Michiko y se detuvo frente al hombre que estaba leyendo el folleto.

—Señor Fusagi —se dirigió a él Kohtake.

El hombre llamado Fusagi miró a Kohtake durante un instante y luego continuó leyendo el folleto sin decir nada.

—Señor Fusagi, ¿ha tenido la oportunidad de sentarse en la silla hoy?

La pregunta de Kohtake pareció llamar la atención del hombre llamado Fusagi. Levantó la cabeza por primera vez, miró a la mujer del vestido blanco que estaba sentada en el rincón más alejado y contestó:

—No.

—Veo que no ha tenido suerte.

—No.

—Me parece que ya han cerrado, ¿qué le parece si se va a casa?

—Ah...

Fusagi echó un vistazo al reloj de pared del medio: eran las ocho y media de la tarde.

—Vaya, lo siento.

Se apresuró a guardar el folleto y se dirigió a la caja registradora, donde lo esperaba Kazu. Kohtake lo miró con cariño.

—¿Cuánto es?

—Trecientos ochenta yenes.

—Aquí tienes.

—Justo, gracias.

—A ti.

Fusagi se marchó deprisa.

¡Tolón, tolón!

—Gracias por llamarme —le dijo sonriendo Kohtake a Kazu, asintió en un gesto de cortesía y se fue tras Fusagi.

¡Tolón, tolón!

En la silenciosa cafetería, solo quedaron Kazu, Michiko y la mujer del vestido blanco. Michiko estaba allí de pie, perdida, sin saber por dónde comenzar ni qué decir.

—¿Quieres hacerlo de todas formas? —le preguntó Kazu de improviso.

Michiko no había dicho nada, pero Kazu sabía por qué había regresado. «Aunque viajes al pasado, no podrás salvar a tu padre. Sabiendo esto, ¿quieres viajar de todos modos?», eso era lo que Kazu le estaba preguntando.

Michiko tragó saliva. No sabía por qué estaba allí. Entendía que no podría salvar a su padre, aunque no estaba del todo convencida. Tal vez seguía albergando una pequeña esperanza de poder evitar que Kengo muriera.

«Tal vez, solo tal vez...».

Y entonces lo supo.

Si Kazu le hubiera preguntado: «¿Por qué quieres regresar al pasado?», al no poder darle ninguna razón, tal vez Michiko hubiera desistido. Pero Kazu la había apremiado al preguntarle: «¿Quieres viajar de todos modos?».

—Después de que mi madre muriera... —comenzó a murmurar Michiko con la cabeza gacha, como si estuviera hablando consigo misma— mi padre me crio solo. Trabajaba día y noche para que yo pudiera ir a Tokio a la universidad; sin embargo, no tuve en cuenta su sacrificio y en lugar de estudiar me pasé el tiempo tonteando. Lo único que quería era marcharme de mi ciudad y ser libre. Incluso sentía que mi padre era un estorbo. Nunca volví a casa y no le devolví las llamadas hasta que vino a verme ese día.

Sin decir nada, ni siquiera un mínimo comentario, Kazu se limitó a escucharla en silencio.

—Le dije cosas horribles y lo eché; nunca me imaginé que sucedería algo así. Al menos quiero pedirle disculpas. Quiero decirle a mi padre que lo lamento.

Cuando verbalizó lo que sentía, Michiko se sorprendió al darse cuenta de que de pronto lo veía todo muy claro: la razón por la que había decidido regresar a la cafetería.

—Por favor, déjame regresar. Quiero regresar al día en que ahuyenté a mi padre.

Michiko le hizo a Kazu una profunda inclinación de cabeza.

Plaf.

Aquel sonido inesperado provino de un rincón de la cafetería. Michiko se giró en dirección al sonido y descubrió el origen: un libro se había cerrado, el libro que había estado leyendo la mujer del vestido blanco.

Era la primera vez que Michiko contemplaba el rostro de la mujer. Era pálido y tenía la mirada demasiado vidriosa como para saber hacia dónde estaba mirando. Sin embargo, sus ojos se parecían un poco a los de la camarera que tenía enfrente. Lo más extraño de todo era que la mujer llevaba mangas cortas en esa época del año, en la que era necesario llevar un abrigo en el exterior, o incluso en el interior.

La mujer, que no se inmutó ante la mirada de Michiko, se puso de pie poco a poco y caminó en silencio hasta salir del lugar, en dirección al baño.

Mientras Michiko seguía hipnotizada por la mujer que se había marchado al baño, una voz detrás de ella dijo:

—Muy bien. —Era Kazu contestando a la petición de Michiko de regresar al pasado.

Kazu le indicó a Michiko que se sentara en la silla donde había estado antes la mujer del vestido blanco y comenzó a relatarle algunas de las reglas para viajar en el tiempo.

Además de la regla que le explicaron a Michiko ese mismo día y que dispone que el presente no cambiará sin importar lo que mucho que uno lo intente, también se enteró de que solo puedes encontrarte con personas que hayan visitado la cafetería, que solo puedes regresar al pasado al sentarte en una silla en especial, que no puedes levantarte de esa silla y que existe un límite de tiempo.

«¿Por qué hay tantas reglas?».

Kazu, que permaneció impertérrita ante el abatimiento de Michiko, salió de la cocina con una bandeja en la que llevaba una jarrita de plata y una taza blanca. Luego prosiguió con la explicación con aire indiferente:

—En un instante te serviré una taza de café —le explicó mientras colocaba la taza frente a Michiko.

—¿Café? —Michiko ladeó la cabeza con curiosidad. No entendía la conexión que existía entre el café y los viajes al pasado.

—El tiempo del que dispondrás será limitado, desde el momento en que te sirva el café y hasta que este se enfríe.

—¿Qué? ¿Tan poco? ¿A eso te referías cuando mencionaste un límite de tiempo?

—Exacto.

A Michiko no le gustaba nada esa regla. Era demasiado ambigua, y el tiempo era muy poco. Pero sabía que seguramente no había nada que pudiera hacer ni decir al respecto. Recordó la firmeza con la que Kazu le había dicho ese mismo día que no podría salvar a su padre.

—Está bien. ¿Qué más debo saber?

Kazu continuó con la explicación:

—Cuando una persona viaja al pasado para encontrarse con un ser querido que ha muerto, la despedida suele ser demasiado difícil, en especial cuando tienes un límite de tiempo. Así que tenemos esto...

Kazu levantó de la bandeja una especie de mezclador y lo sostuvo frente a Michiko.

—¿Qué es?

—Si lo colocas en la taza, así, sonará una alarma antes de que se enfríe el café. Debes tomarte todo el café en cuanto suene.

Kazu colocó el objeto que parecía un mezclador en la taza y cogió la jarrita de plata.

—Entonces ¿simplemente debo tomarme el café cuando suene la alarma?

—Sí.

Michiko inspiró hondo por un instante.

«Voy a ver a mi padre».

La mera idea hizo que le faltara el aire y se le acelerara el pulso. ¿Sería capaz de mantener la compostura?

Le habían dicho que no podía hacer nada para cambiar el presente, pero ¿y si la embargaba la emoción y le hablaba a su padre sobre el terremoto, sobre el hecho de que moriría?

En ese caso, ¿cómo se sentiría él en los días previos a su muerte? Estos pensamientos abrumadores le cruzaban la mente a toda velocidad.

—¿Estás lista? —le preguntó Kazu, como intentando disipar la ansiedad que sentía Michiko.

«Bueno, qué más da, ya estaba resuelta a hacerlo. Decidí que me disculparía con mi padre en el momento en que ella me preguntó si quería hacer esto de todas formas».

Michiko cerró los ojos e inspiró hondo.

—Sí, adelante.

Ya no había vuelta atrás. Frente a la mirada decidida de Michiko, el semblante de Kazu permaneció sereno y compuesto mientras levantaba la jarrita.

«Voy a viajar al pasado. Voy a viajar de verdad».

Michiko sintió cómo se tensaba el ambiente.

—Antes de que se enfríe el café.

La voz de Kazu se oyó con claridad en la silenciosa cafetería a medida que comenzaba a servir el café.

Una voluta de vapor se elevó en espiral desde la taza mientras esta se llenaba de café. El techo comenzó a deformarse en una especie de vaivén.

«¿Acaso me estoy mareando?».

Michiko observó la línea que dibujaba la voluta de vapor al elevarse; sin embargo, en realidad era su propio cuerpo el que estaba flotando en el aire como si fuera vapor. Sintió que todo a su alrededor fluía hacia abajo, desde el techo hasta el suelo.

«Pero ¿qué..., qué está sucediendo?».

La cabeza le daba vueltas y su conciencia fue desvaneciéndose.

«Papá...».

El viernes 11 de marzo de 2011, a las 14.46, un terremoto azotó la costa de Sanriku, en el norte de la isla de Honshu.

Fue el terremoto de mayor magnitud en la historia de Japón, y su epicentro se registró a veinticuatro kilómetros de profundidad en la Tierra, a ciento treinta kilómetros al este-sudeste de la península de Oshika.

Tuvo una magnitud de 9.0 en la escala de Richter y el desastre ocasionado por este terremoto se conoció como el Gran Terremoto del Este de Japón.

En la ciudad de Natori fallecieron más de novecientas sesenta personas, incluidas las muertes posteriores a causa del desastre, y más de once mil se vieron obligadas a evacuar.

El daño ocasionado por el primer impacto fue relativamente menor respecto a otros terremotos, pero fue la inmensa destrucción causada por el tsunami lo que lo hizo tan devastador.

El tsunami llegó a la zona de Yuriage, en la ciudad de Natori, a las 15.52, alrededor de una hora después del terremoto. Este retraso generó casos como el de Kengo; es decir, personas que fueron evacuadas rápidamente de la ciudad justo después del terremoto, pero que fueron víctimas del tsunami porque volvieron a casa.

Kengo y Michiko vivían en una zona residencial cerca de la estación de bomberos de Yuriage, que pertenecía al Departamento de Bomberos de la Ciudad de Natori. Allí cerca estaba también la tienda que vendía el «*takoyaki* de Yuriage», el favorito de Michiko, frente al santuario de Minato.

El *takoyaki* que vendían en aquella tienda era diferente a cualquier otro, ya que tenía un relleno generoso de carne de pulpo y lo servían con pinchos de bambú y una salsa dulce y picante.

Parecían pinchos clavados en una gran bola de masa hervida y eran más tiernos que los *takoyaki* comunes.

Desde que era pequeña, a Michiko le encantaba comer aquellos *takoyaki* de Yuriage, así que, cuando se mudó a Tokio y una amiga le recomendó que probara un delicioso *takoyaki* al estilo de Osaka, para ella eso ni siquiera podía considerarse un *takoyaki*.

Takoyaki de Yuriage.

Esa comida la llenaba de buenos recuerdos de su ciudad natal, incluso aunque hubiera abandonado aquel lugar porque no quería que su padre se metiera en su vida.

Al despertarse, Michiko percibió aquel sonido propio de los granos de café al molerse, similar al de caminar sobre grava.

La persona que los molía era una chica de ojos serenos e imperturbables. ¿Estaba en secundaria? ¿Tal vez en los primeros años del instituto? El semblante pálido y sombrío le resultaba un poco familiar.

¿Podría ser la mujer del vestido blanco que estaba en esta silla y que se levantó para ir al baño...? No. Se parecía a la camarera que acababa de servirle el café.

No era solo parecida, sino que claramente eran la misma persona.

Michiko no la reconoció de inmediato porque en lugar de llevar una coleta larga ahora tenía el pelo corto.

«Es evidente que he viajado seis años al pasado».

Repasó la cafetería con la mirada, intentando buscar alguna otra evidencia de que había viajado en el tiempo. Sin embargo, salvo por la chica que molía granos en la barra, no encontró nada distinto. Era como si el tiempo se detuviera en aquel sitio.

¡Tolón, tolón!

—Hola, bienvenido.

La voz serena de Kazu no parecía encajar con su joven aspecto. Se oyeron fuertes pasos y Kengo, el padre de Michiko, entró en la cafetería.

A Michiko el corazón le dio un vuelco.

Durante seis años no había olvidado el aspecto que tenía Kengo aquel día.

Cuando vio a Michiko, caminó hacia la mesa rascándose la cabeza. Asintió en señal de disculpa.

—Lo siento.

—¿Por qué?

—¿Me has estado esperando?

—Ah, no, no pasa nada.

—¿En serio?

—Seguro.

De pronto, los recuerdos inundaron a Michiko. Aquel día le había dicho enfadada:

—No puedo creer que me hayas llamado y que encima ahora llegues tarde.

También recordó con claridad la mirada de Kengo en ese momento. La forma en la que el rostro se le había desfigurado en señal de disculpa y había dicho: «Lo siento».

«¿Por qué le hablé así, de aquella forma tan horrible?».

—¿Puedo sentarme aquí? —Kengo puso la mano sobre la silla opuesta a Michiko.

—Claro.

Cuando tomó asiento, los ojos de Kengo se abrieron como platos al contemplar el rostro de Michiko.

—¿Qué pasa?

—Nada, solo que te veo más mayor que la última vez que...

Kengo esbozó una media sonrisa, avergonzado. Habían pasado seis años. Kengo estaba sorprendido, y con razón, al observar a la Michiko de veinticinco años.

—Vaya, ¿tú crees?

Al contestar, notó que Kengo tenía unas arrugas bien marcadas en el rostro, y algunas canas apenas visibles en el cabello. ¿Cuándo se había puesto tan viejo?

La sorprendió el hecho de que ese día ni siquiera había mirado con detenimiento a su padre, pero no había manera de que Kengo interpretara la confusión que sentía Michiko.

—Hola, ¿le sirvo algo? —preguntó una joven Kazu mientras colocaba un vaso de agua sobre la mesa.

—Un café, por favor.

—Ahora mismo, señor.

Una vez que le tomó el pedido a Kengo, Kazu se dirigió a la cocina.

Silencio.

No encontraba las palabras. ¿Qué iba a decirle? Cuando miró a Kengo a los ojos, Michiko sintió que estaba a punto de echarse a llorar. A pesar de sus esfuerzos, se vio obligada a desviar la mirada, y el ambiente se volvió más incómodo.

No quería que su padre creyera que lo estaba ignorando.

«Lo siento».

Sintió que estaba a punto de soltar aquellas palabras que se había tragado tantas veces.

Y fue justo en ese momento.

—Sé que no debería haberlo hecho, lo siento.

Kengo fue el primero en hablar.

—¿De qué hablas?

Michiko no tenía ni idea de por qué se estaba disculpando. Era ella quien quería disculparse.

—Por haber llamado a la universidad.

Michiko recordó lo enfadada que se había sentido. No imaginó que su padre se preocupara por ese tipo de cosas.

—Ah, no, no pasa nada. Hice mal en no llamarte.

El semblante tenso de Kengo pareció relajarse un poco. Después de la muerte de su madre, Michiko solía rebelarse contra su padre por casi todo, por lo cual a menudo terminaban peleando. Puede que en ese momento él hubiera estado esperando que Michiko iniciara una pelea.

—Ah, traje esto...

Como si lo hubiera recordado de pronto, Kengo colocó la bolsa de papel que llevaba en la mano sobre la mesa y de ella sacó un pequeño paquete.

—Te traje estos porque sé que son tus favoritos... Están fríos, lo siento.

Michiko sabía qué contenía el paquete: *takoyaki*, sus favoritos. *Takoyaki* de Yuriage, de su ciudad natal, para ser precisos.

Lo mismo que su madre solía comprarle cuando era niña: tiernos y con forma de bolas de masa hervida. Siempre que tuviera uno de esos *takoyaki* había motivo para sonreír.

El día en que echó a su padre, se sintió inexplicablemente molesta al ver que entre los productos desparramados por el suelo había *takoyaki*. Para ella, fue como si Kengo intentara utilizar el recuerdo de su madre, a quien Michiko adoraba, para salir bien parado.

Aquel día lo consideró una maniobra cobarde e incluso se sintió asqueada.

«Pero no, no fue así. Ahora me doy cuenta».

«Papá se había tomado la molestia de comprarme estos *takoyaki* para hacerme feliz. Pero a pesar de eso…».

—Gracias —le dijo con voz débil. No podía mirarlo a los ojos. Para cortar aquel silencio, se llevó la taza de café a la boca.

«Está tibio».

No lograba precisar cuánto tiempo le quedaba antes de que el café se enfriara.

«¿Quién me mandó venir aquí?».

Quería pedirle disculpas a su padre. Eso no había cambiado, pero ¿por qué le iba a pedir disculpas?

«Perdóname por haber sido tan egoísta al querer estudiar en Tokio».

«Perdóname porque desde que mamá murió lo único que hice fue quejarme».

«Perdóname por haber sido fría contigo, incluso las noches en que esperaste despierto a que llegara a casa».

«Perdóname por no haberte devuelto las llamadas».

«Perdóname por haber sido irrespetuosa contigo».

«Perdóname por pelear todo el tiempo».

«Siento mucho que te haya tocado una hija como yo».

Cuanto más pensaba en ello, más le costaba levantar la mirada.

«¿Por qué me vine a estudiar a Tokio?».

«¿Por qué me pasé el tiempo quejándome?».

«¿Por qué le dije cosas tan horribles y lo eché aquel día?».

Su mente estaba llena de arrepentimiento. En lo único que podía pensar era en cómo la miraba Kengo.

«Ha venido hasta aquí para verme, pero, como siempre, no le digo nada. Seguro que está pensando en lo poco agradable que es su hija».

«Tal vez es momento de regresar».

«Puedo ponerle fin a esto con solo tomarme el café».

«Al fin y al cabo, no puedo hacer nada para ayudar a mi padre».

Michiko sujetó la taza con fuerza.

Y justo en ese momento...

—Michiko.

Kengo miró a Michiko a los ojos mientras le hablaba:

—Si por casualidad hay algo que te esté preocupando... sabes que puedes decírmelo... Lo sabes, ¿cierto? —dijo de forma entrecortada—. Puedes contarme lo que sea, no tienes que preocuparte por eso tú sola... Sea lo que sea... Quiero ser capaz de aconsejarte.

—¿Qué?

—Puede que no sea tan bueno en ello como tu madre, pero... —Kengo alzó la mirada—. Pero aun así quiero que me lo cuentes.

Entonces lo recordó. Aquella mirada. Era la forma en la que siempre la había mirado, antes y después de la muerte de su madre. No había cambiado.

Sin embargo, hasta ese día, para ella él siempre se había mostrado enfadado.

«Haz los deberes».

«Vete a la cama».

«No te quedes despierta hasta tan tarde».

«Escoge bien a tus amigos».

«No te pongas esa ropa».

«Eso no está bien».

«No lo voy a permitir».

En todo momento su padre la había observado con la misma expresión y el mismo sentimiento. Ella, cegada como estaba, lo había considerado autoritario. Se había sentido molesta con su padre porque tenía la mente nublada.

—Ah, hum...

«No puedo creer que no me haya dado cuenta de eso...».

—Pues, de hecho...

«Debo contarle lo de Yusuke. Probablemente se sienta desconcertado, pero quiero contárselo. Es ahora o nunca».

—Papá, hum...

—¿Sí?

—Estoy embarazada.

Michiko tenía la mirada fija en el café que temblaba en su taza. No sabía cuál había sido la reacción de Kengo, pero notó que su respiración era más fuerte y acelerada.

«Debe de estar enfadado».

Al ponerse en el lugar de su padre le pareció de lo más natural que reaccionara de ese modo. Tenía veinticinco años. Pero desde la perspectiva de Kengo, había pasado menos de un año desde que se había marchado de su ciudad para mudarse a Tokio. Estaba oyendo esta confesión de su hija cuando aún no había cumplido veinte años.

—Me pidió matrimonio...

«Se lo contaré de todos modos. Sobre mi presente. Nunca volveré a verlo...».

Cuando Michiko levantó la mirada, le pareció que Kengo estaba bastante triste. Su hija había volado del nido. Tal vez desde el momento en que se había despedido de ella cuando se fue a Tokio, había previsto que ese día llegaría pronto.

—Entiendo —contestó con un tono débil y amargo.

Intentó sonreír, pero terminó frunciendo aún más el ceño, lo que hizo que pareciera enfadado. Sin embargo, aquello no era en realidad lo que quería contarle.

—Pero tengo miedo.

No podía evitar que le temblaran las manos.

—No sé si merezco ser feliz. Te he dicho y hecho cosas horribles, papá... Tú siempre me cuidaste, pero en lugar de tenerte presente te ignoré y me comporté de una forma superegoísta contigo... —«Te eché. Si no te hubiera echado en aquel momento, tal vez no habrías muerto. Solo pensé en mí misma»—. Aun así...

—No tienes que preocuparte por eso —la interrumpió Kengo—. Soy tu padre, no me importa si me insultas, siempre y cuando estés bien. Eso es lo único que me importa.

—Papá.

Los ojos de Michiko se llenaron de lágrimas. Kengo la miró y le dedicó una especie de sonrisa. No sabía cómo lidiar con las lágrimas de su hija.

—Ah, toma, ten... —dijo de pronto, como intentando escapar de la mirada de Michiko. Rebuscó en su riñonera, sacó algo de dentro y se lo entregó.

—He estado ahorrando para dártelo cuando te cases. —Era una libreta de ahorros y un sello personal—. Creo que ha llegado el momento.

—Ay, papá...

Pi-pi-pi-pi-pi-pi-pi-pi...

Sonó la alarma.

—Ah... —dijo Michiko boquiabierta. Miró a la joven Kazu a los ojos. La camarera no dijo nada, pero asintió levemente en señal de confirmación: es la hora.

—Papá, yo...

—No te preocupes, sé feliz. Es lo único que me hace feliz —le dijo él mirándola con cariño.

«Probablemente tenía la misma expresión en su rostro el día que nací».

Pi-pi-pi-pi-pi-pi-pi-pi...

—Necesito ir al baño... —Kengo aprovechó la alarma para ponerse de pie. Hizo una mueca, avergonzado.

—¡Papá! —lo llamó Michiko de forma instintiva para detenerlo mientras Kengo iba camino del baño.

«Es mi última oportunidad de despedirme. Pero tengo tantas cosas que decirle».

—¿Sí? —Kengo se dio la vuelta.

—Yo... —Michiko se secó las lágrimas y esbozó su mejor sonrisa—. Me hace feliz ser tu hija.

Tal vez fue más una mueca o una sonrisa fallida. Aun así, quería que en la despedida él la viera sonriendo.

«Estoy segura de que mi padre se tomó la molestia de traerme mi *takoyaki* favorito porque quería hacerme feliz y verme sonreír. Así que quiero que lo último que recuerde de mí sea esta sonrisa».

Era lo que más anhelaba.

—Gracias. —Kengo observó el rostro de Michiko, un poco confundido ante lo que acababa de decir—. Vaya —añadió y se fue al baño sorbiéndose la nariz.

Tan pronto como lo perdió de vista, Michiko se bebió el café de un solo trago. De inmediato comenzó a sentirse más ligera. Todo a su alrededor comenzó a fluir en cascada hacia abajo, desde el techo hasta el suelo.

«Estoy regresando... Estoy volviendo al presente sin mi padre».

A medida que cerraba los ojos aún podía vislumbrar el rostro radiante de Kengo. Había logrado que su padre sonriera.

«Qué bien».

Michiko cerró los ojos despacio.

De repente, la mujer del vestido blanco había vuelto del baño y estaba de pie frente a ella. Desde detrás de la barra una camarera que llevaba una coleta larga la observaba fijamente.

Era Kazu, adulta. Michiko había regresado al presente.

—Apártate —dijo la mujer del vestido blanco, y Michiko le cedió la silla al instante.

Era momento de despertar del ensueño.

Cuando la mujer del vestido blanco se sentó, Kazu se acercó con una bandeja y un café nuevo para ella.

—¿Qué tal te fue? —le preguntó Kazu mientras se llevaba la taza que había usado Michiko y le daba una nueva a la mujer.

—Yo…

¡Tolón, tolón!

Justo en el momento en que Michiko iba a contestar, sonó el cencerro y entró Yusuke.

—Michiko.

Se mantuvo a unos metros de distancia de ella; su voz sonaba débil. Michiko recordó que ese mismo día le había dicho que no podía casarse con él.

Yusuke guardó cierta distancia, sin olvidar lo que ella le había dicho.

«No te preocupes, sé feliz». Las palabras de su padre le resonaron en los oídos.

Caminó en dirección a Yusuke hasta llegar a su lado, se volvió hacia Kazu y dijo:

—Creo que me gustaría ser feliz con este chico.

Con esas palabras, esperaba responder a la pregunta que Kazu le había hecho acerca de cómo le había ido en su viaje al pasado.

—¿Qué?

Yusuke no pudo ocultar su sorpresa al ver cómo había cambiado la actitud de Michiko.

—Ah, entiendo —dijo Kazu con una sonrisa apenas visible.

—Sí, estoy segura de que eso también haría muy feliz a mi padre…

En la mano sujetaba la libreta de ahorros que le había dado Kengo.

Se oyó un teléfono desde la habitación trasera.

Michiko y Yusuke asintieron con cortesía a Kazu y se marcharon juntos de la cafetería.

¡Tolón, tolón!

Una vez que se marcharon, Nagare salió de la habitación trasera; llevaba en brazos a Miki. Parecía que la bebé había estado lloriqueando, ya que tenía los ojos húmedos.

—Oye, ¿recuerdas al profesor Kadokura? —le preguntó Nagare a Kazu.

Ya había pasado la hora de cierre. Kazu estaba ultimando tareas. Solo le faltaba lavar los platos, dar una pasada al suelo y meter el cartel del exterior.

—Sí —contestó mientras entraba en la cocina.

Nagare, que seguía con Miki en brazos, salió a buscar el cartel. Lo único que se oía dentro de la cafetería, que estaba vacía salvo por la mujer del vestido blanco, era el suave tictac de los relojes de pared.

Kazu terminó de lavar los platos y Nagare entró con el cartel.

—¿Qué decías?

—¿Cómo?

—Algo del profesor Kadokura.

—Ah, sí. —Nagare se rascó la cabeza de forma exagerada, en realidad no lo había olvidado—. Me llamó para decirme que ha ocurrido un milagro, su mujer ha despertado… —le dijo a Kazu.

—No me digas.

—Sí.

—Pues qué buena noticia.

—Sí, muy buena.

Un instante más tarde, Miki comenzó a agitar los brazos con los puños en alto.

—BUAAAAA —gritó, echándose a llorar.

—¿Hora del biberón?

—Voy a prepararlo.

—Gracias, Kazu.

Cuando Kazu regresó a la cocina, Nagare caminó despacio hacia la caja registradora mientras consolaba a Miki, y cogió una fotografía que estaba allí.

En ella aparecía Kei Tokita, la mujer de Nagare, sonriendo. Había muerto poco después de dar a luz. Las estaciones habían seguido su curso. Algunas personas habían visitado la cafetería y habían regresado al pasado. Otras no, y otras se habían marchado después de conocer las reglas.

—Qué rápido. Ya ha pasado un año.

Nagare contempló la fotografía.

—Aquí tienes.

—Ah, gracias.

Nagare devolvió la fotografía a su sitio y agarró el biberón con fórmula que le había dado Kazu.

—Crecerá antes de que nos demos cuenta. Crecerá y…

—Sí…

Miki, acurrucada en los brazos de Nagare, comenzó a tomarse el biberón. Kei, desde la fotografía, se mostraba feliz mientras contemplaba aquella encantadora escena. O, en cualquier caso, eso le pareció a Kazu.

Nota del autor

Esta es una historia de ficción. No guarda relación con ninguna persona, empresa, organización, ni con ninguna otra entidad de la vida real. Sin embargo, el cuarto capítulo, «La hija», está basado en una obra para la radio llamada «¿Otra taza de café?» escrita por el autor a petición del programa radiofónico *Date fm* (FM SENDAI) de Sendai, prefectura de Miyagi. Se emitió por el séptimo aniversario del Gran Terremoto del Este de Japón, el 11 de marzo de 2018.

«Para viajar lejos no hay mejor nave que un libro».

EMILY DICKINSON

Gracias por tu lectura de este libro.

En **penguinlibros.club** encontrarás las mejores recomendaciones de lectura.

Únete a nuestra comunidad y viaja con nosotros.

penguinlibros.club

penguinlibros